只有

俏妈帮 / 著

妈妈知道

漓江出版社

俏妈帮成员包括：

张　芳　出版社　工作室主编

谢　然　北京信美留学　咨询总监

王　蕊　社会团体　财务

张　硕　人事行政负责人

冯应馨　杂志 记者

张　颖　合资企业　董事长助理

刘　琳　互联网公司　培训经理

赵丽娜　某翻译公司　经理

李　林　公务员

李雪娜　全职妈妈

盛莉莉　国企　项目经理

崔京燕　事业单位　分析员

张笑楠　企业　财务

周婕妤　外企　财务运营主管

张晓燕　网站主管

潘　悦　外企法律顾问

金　蕾　全职妈妈

郑　桢　报社　编辑

序

　　首先，我要向出版这本书的牵头人竖起大拇指。因为据我所知，市面上有关孕期的书籍大部分都是类似"教程"，由知名的专家、教授们按照孕周，讲述给各位孕妈妈正常的孕期应该是什么样子，或者健康的孕妈应该做哪些事情。但俗话说千人千面，实际临床中每位孕妈的状况都不尽相同。我从事医务工作几十年，遇到无数的孕期合并症、突发状况和惊险案例，原因纷繁复杂、各种各样，但几乎都有一个共同点，就是每一位孕妈妈都说过类似的话："为什么偏偏是我？"的确，孕期产生的突发和紧急状况，哪怕概率只有万分之一，对于她们来说就是百分之百。我知道类似状况真的太多，我会告诉她们，其实她们并不孤单。但我一个人的影响力实在微乎其微，生活中还有不计其数的妈妈们面临着孕期合并症或其他状况在生理和心理上的双重折磨，也许她们每天也在重复着"为什么偏偏是我？"这个问题。

书中所写的，她们的孕期云集了各种状况，有特别平稳顺利的，也有充满惊险和艰辛的。我见证了她们其中四位的孕产过程，也迎接了宝宝们的平安降生。现在她们联合起来把自己的故事讲给大家听，意在告诉各位正在享受孕期幸福时光，或者遭受病痛折磨的孕妈妈们：看，其实你们并不孤单。十九个人的影响力总比我一个人要强得多，现在这本书出版了，影响力不知又翻了多少番。借用中国的一句老话："星星之火，可以燎原。"现在看起来虽只有一点小小的力量，但它的发展是很快的。

幸福的家庭是类似的，不幸的家庭总有自己的不幸，有一些妈妈的故事读起来让人畅快舒心，令人羡慕她的孕期如此享福，这十个月"皇后"做得名符其实。也有妈妈的文章读起来不禁令人揪心、引人唏嘘落泪，让人感叹人生的无常和母亲的伟大。但最最令人欣慰的是，无论顺利还是惊险，轻松还是艰辛，大家最后都如愿得到了健康可爱的宝宝。这也是我作为一名医务工作者，特别是一名产科医生最最开心的事。孩子是人生的希望，每每见证一位健康宝宝的降生，我都再一次感到我们的一切努力和辛苦都是非常值得的。

　　再次感谢此书的出版方和十八位妈妈，是你们的共同努力让更多的读者和孕妈妈找到了心灵的依靠和共鸣。也让我能借此机会表达自己的心声，祝福天下的孕妈妈们都能顺利地诞下健康的宝宝，祝愿天下的宝宝都能平安快乐地长大！

北京朝阳医院产科副主任医师

目录 CONTENTS

第一篇

"最高级"的痛与爱

小胖鱼出生之旅

崔京燕

我是谁呢？

　　我是一条小双鱼，射手妈妈生我的时间在 2014 年 3 月 16 日。确切地说是一条小胖双鱼，小吃货的特质是从我还是一只小鱼苗时就开始显现了，当医生把我从妈妈肚子里拉出来，放在秤上一称，4040 克！巨大婴儿！射手妈妈满头黑线，自我反省道，怀孕期间并没有吃什么大鱼大肉啊，怎么回事呢？和我相处两年之后，射手妈妈总算意识到，哦！原来我是一条能吃的鱼，不管什么饭啊菜啊，我总能吃得很香，所以推测当我还在肚子里的时候，除了睡觉，就在吃，不停地吃，终于把自己吃成了小胖鱼，哈哈。

小胖鱼在生长

　　妈妈说，怀孕生孩子的整个周期对她来讲身体上都是备受碾压的，尤其是生产环节最受折磨，其实她之前倾向于用岁月这个橡皮擦把这段经历抹掉，但鉴于我长大以后比较乖和惹人疼爱，还是想珍藏这段经历。

四十周十个生产月期间，各种不同却都一样难受的感觉轮番袭向妈妈。前三个月是恶心，每天似乎都有在车上晕车时的感觉，让妈妈总想用辣的或其他刺激性的食物来掩盖这种不适。到了四个月的时候妈妈总算舒服了一阵，但好景不长，到五个月时又开始嘴里没有味道，真正感受到了味同嚼蜡是什么意思，而且一直持续到生产结束。后来想想，可能因为我这条胖双鱼让胀大的子宫挤压到了妈妈的胃。

我在妈妈肚子里六个月的时候，妈妈已经胖了20斤了，医生建议整个怀孕期间最好只胖25斤左右。看来吃货特质并不是源于我呢，似乎应该是遗传，哼哼！医生之前看过妈妈的骨盆条件，说是7.5cm，适合生六斤左右的宝宝。这些残酷的事实真是吓到妈妈了，从怀孕六个月开始，她决定要控制饮食以及开始运动了，晚上尽量少吃，吃完晚饭都要跳半个小时孕妇操。辛苦的付出和

不懈的坚持还是有收获的，整个孕期妈妈长了 30 斤。

在此期间，我一直趴在射手妈妈温暖的子宫里，自由自在地游动，吃了睡，睡了吃，优哉游哉。

小胖鱼成熟了

妈妈在预产期最后一周还在上班，因为一直没什么反应，直到 39 周 +2，迫于周围同事和姥姥的压力，担心会给他们带来不必要的麻烦，才决定休假。之后三天也一直都没有任何反应，她还觉得自己休假休早了呢。

结果到了第四天也就是 39 周 +6 那天，凌晨五点钟的时候，妈妈突然感觉有一股小水流流出，像来大姨妈的感觉，使了下劲，发现还是有液体流出。于是妈妈叫醒了睡梦中的爸爸，爸爸也很给力地瞬间打起精神。跟爷爷奶奶打声招呼后，他俩直接拿起之前准备好的两个箱子往医院赶去。

在去医院的路上，妈妈说，还是有种不真实的感觉，不相信真的会有小生命将要降临了。在我出生之前，妈妈没有那种即将有宝宝的激动感，倒是有生宝宝前的紧张感，还有揣了这么久总算可以卸货的喜悦感，母性的情怀一点都没有被激发出来。就算我已经来到人世，助产士把我拿给妈妈看时，她竟然也没有觉得特别感动，只是惊讶于我的黑！哼！她的母性情怀开始泛滥，是从我小腿可以很激动地踢来踢去开始的，也就是我出生后的三个月左右，那时我俩算是可以略微互动了吧。唉，也不知是我那射手妈妈太迟钝呢，还是天下妈妈都这样？

小胖鱼慢慢游出来了

　　下面这段还是让妈妈说吧，因为这段经历对于我太过恐怖，我要躲在妈妈身后，听妈妈说：

　　去北京人民医院产科急诊后，护士拿试纸测了测，真是破水。于是就在六点左右进了待产室，很幸运地还有了床位。之后从早上六点到晚上六点一直也没什么反应，就是躺在床上，时不时地就会有羊水流出。期间我还一直担心，会不会羊水流得太多了对小孩子不好，事实证明好像并不会。到晚上六点左右，肚子开始隐隐作痛，但还可以忍受。九点之后疼得更厉害了，我就用之前学过的呼吸法，在疼痛到来时配合呼吸节奏，转移一点注意力，似乎有点作用。这样一晚上都没怎么睡觉。到了第二天早上九点的时候，宫口才刚刚开一指半，我一听都快崩溃了，感觉就是你一直使劲在拉车，等你停下来看时，却发现这车一点都没动。

　　护士在九点左右给我打上了催产素，刚开始我还挺开心，以为总算可以卸货了，没想到这个过程竟是那么的痛苦不堪。打上催产素半小时后，剧烈的疼痛一阵阵袭来，我本身是一个对疼痛承受度挺高的人，但是那种疼痛实在叫人难以忍受，我只能用牙咬住衣服，也开始不能自已地呻吟。这种疼痛一直持续到下午一点左右，护士来看说宫口开了八指半，推我进了产房，让随身带了两瓶红牛。产房一共有三个产妇同时在生，其他两人都在大喊大叫，可我因为疼得没有力气了，也没劲叫，当然没劲把宝宝生出来。

　　助产士让我像拉大便一样使劲，但疼痛已经耗尽了我所有的力气，助产士又让我坐在健身球上屁股上下颠颠，平常这么颠还是很舒服的，但是当彻骨的疼痛向你袭来的时候，颠来颠去只能靠意识支撑。当产房里另外两个妈妈都已经生完的时候，我又上了产床。这时产房里仅有的四五个助产士都集中了到我这里。时间估计已经到了下午三点左右吧，疼痛磨得我筋疲力尽，完全使不上劲儿，喝了红牛也无济于事。

助产士很着急，替我量了下胎心胎跳，说胎心都弱了，如果再生不出来就要上产钳了。我一听急坏了，因为产钳的危害在生之前我就知道，轻者夹破孩子的脸，重者夹碎孩子的颅骨。产房外，助产士也在征求我老公的意见，并把各种后果都告诉了老公，老公也是踌躇不定，纠结万分，既担心我又担心小孩，最后还是用颤抖的双手签了字。也许没有压力就没有动力，想到上产钳可能带来的不良后果，我也顾不上疼痛了，只是一个劲儿地喊着，使劲地喊着，一边喊一边在心里告诉宝宝，你要坚持住啊，我会尽最大努力把你生出来。最后助产士给我进行侧切，又有个助产士主动上前挤压我的胃部，宝宝才总算露了头，我也不用使劲了。可能是耗费了过多的精力吧，之后之后胎盘的娩出、缝合侧切伤口我都没有太多知觉。

小胖鱼妈妈的生产感受

生孩子的过程中，老公全程陪着我，晚上也没有睡觉，身体一直处于疲惫和紧张状态中。在产房的时候，我在里面喊，他都听得见，在外面也是心急如焚。最让我感动的就是老公给婆婆打电话的时候说，生了生了，总算顺利生了，并没有因为生的是男孩就尤其高兴，只是为我能顺利生产而开心、释怀。还有爸妈、公婆的焦急、担心，朋友的牵挂、问候，每念及此，总让我感到温暖、幸福。

其实很多妈妈也许和我有一样的感受，生产对于女人来讲真是命悬一线的一次苦旅，但当你经过了这个阶段，你的人生就又完成了一次进阶，完成了从小女孩到女人的快速蜕变。从此之后，你的生活将因为一个小生命的到来而更加的流光溢彩，母性的释放也会使你的生命更加完整。在生产过程中，你会知道你的身体不是你想象的那么强悍，但在关键时刻爆发的能量却会超乎你的想象。现代医学技术的发达，一定程度上大大减少了生产过程出现意外的几率，但大出血、胎盘早剥，或者胎盘不能顺利娩出、产后并发症等，任何一个环节出了问题，都有可能夺去女性脆弱的生命。

这次生产过程也让我体会到一定要充分备孕，让自己从怀孕一开始就有一个健康的体魄，尽可能地给宝宝提供良好的硬件设施。怀孕后也要坚持锻炼身体，饮食要节制，有针对性地为生产做准备，减少生产过程中的风险。生产过程中女人会耗损大量气血，生完后一定要注意休养。产后要让小孩早点吸奶，找个专业

的通奶师通乳腺，不要重蹈我在月子期间因乳腺炎三番四次烧到40度的覆辙。

　　总之，感谢上天让我有一个相对顺利的生产经历，这是上天对我们的恩赐。感谢上天给予我健康的宝宝，我会更加珍惜这段刻骨铭心的缘分，陪伴宝宝慢慢长大。

缘来是你

李　林

　　结婚，生子。平常人的平常生活，却也有难以达到的时候。我结婚六年，希望能有自己的孩子，但经过一年又一年，测排卵、量体温、吃中药、锻炼身体，各种方法使尽，却依然没有结果。转眼到了结婚的第六年，到老公老家山西过年，婆婆怕我着急，从来不催孩子的事情，每天和家里人聊聊天，心里压力缓解了很多，开开心心地过了本命年。

一、如愿以偿，幸福的怀孕生活

　　也许，因为放下了压力，舒缓了心情，内分泌也不在捣乱了？在回京的第二周，用测孕试纸检测出来了传说中的"意念灰"，就是检测线看起来淡淡的发灰，需要用意念去肯定确实变了颜色。到了第三周，"意念灰"颜色越来越红，赶紧医院验血走起。验血证实孕酮升高，终于怀孕了！那一刻，感觉好幸福，觉得万里长征终于走到了尽头，终于遇到了那个生命中的奇迹！接下来，就是按部就班地做各项孕前期体检，建档，预约好下次检查时间，我就开始了"挟天子以令诸侯"的逍遥日子。初为人母，又兴奋、又紧张，孕期买了好多书，做了些功课，主要有两大类，一类是吃什么利于胎儿，怎么去吃，一类是做什么对胎儿好，什么能做、什么不能做。一路大小产检过来，检查结果都很正常。最难受的就是孕吐，整整吐了五个月，体重没有增加，反而减少。孕中期是最舒服的了，胃口很好，胎儿也不重，每天早起散散步，晚上能一觉睡到天亮。原以为，逍遥的日子会持续到生产，没想到孕晚期的一次例行产检，却平地起了风波。

二、例行产检，变成了意外住院

2014 年 10 月，顺利通过各项产检，我已经到了孕晚期。8 日是我例行产检的日子，到医院后，先尿检、拿化验单，到产科门诊称体重、测血压，132/83！我吓了一跳，孕前我的血压一直很低，基本是 90/60，以至于我从来没有想过怀孕后，血压会出现问题。可能是走路着急了，我自我安慰着，尽量稳定下气息，按照护士的吩咐，十五分钟后，又测了次血压，130/80！护士记录了我的血压，说道："不要走开啊，随时等医生叫。"好紧张！

在焦虑不安中，我坐在了张龚医生的面前，张医生先是测量了下肚围，话说身上很久以前就找不到腰的位置了，问了些基本情况，然后看了我的血压记录和尿检报告，"血压测量两次都有点高，尿蛋白检测 trace，有微量。""是的。"我小心地回答道，心里想着情况可能不妙，医生可能会开药给我吃。"你的情况不是很严重，为稳妥起见，我给你开张住院条，你到住院部先住下，做个详细检查看看吧。"纳尼?! 我瞬间惊呆了,不至于吧?! 我现在是吃嘛嘛香,手脚麻利,小区徒步转两圈啥感觉没有,除了晚上睡觉,肚子大了会感觉吃力外,其他没有什么异常啊? 现在回过头来看看,真是太感谢张龚医生的认真负责,在病情还不明确的情况下,及早干预,控制了病情发展,为宝宝发育争取了宝贵的时间。

♥ 三、怀娃住院,要做个坚强的妈妈

我入住的是北医三院产科病房的产科一区,是个有六人住的大房间,隔壁床的晓晓,人非常开朗乐观,告诉我之前睡在我这张病床上的准妈妈,也是高血压,晚上睡觉呼噜声特别响,都快把她震得宫缩了! 病友友善的玩笑,一下子消除了我心中的不安和隔阂,很快就和大家交流起来,病友中有患妊娠糖尿病的,每天不敢吃水果,只能吃黄瓜;有胎盘前置的,全卧床保胎,大小便都要在床上解决;有子宫肌瘤的,胎儿在生长,肌瘤也在生长;有第一次剖腹产,第二胎着床在子宫疤痕上,随时可能大出血的。原以为科技进步的今天,女人生孩子已经没有什么风险,却没料到还有这么多妊娠并发症威胁着准妈妈。

我入院的原因是子痫前期,因血压没有超过 135/90,属于疑似未确诊。住院期间主要检查两个方面的指标,血压和蛋白质。同时,每天输 10 个小时的硫酸镁溶液抑制宫缩,做三次的胎心监护,打两次抗凝血的药物。血压是每隔 2-4 个小时进行测量,或做动态血压监测,进行眼底检查。蛋白质是通过 24 小时尿蛋白

测定、血液中蛋白质的含量来进行监测。我住院后期浮肿得厉害，主要也是因为血浆白蛋白水平降低，引起血浆胶体渗透压下降，水分移向组织间隙而排不出体外造成的。

做动态血压监测是非常考验人的毅力和体力的，左手臂绑上血压计，连接着电脑控制，每半个小时就自动测一次血压，连续测量 24 小时。测量期间所有的活动都是按分计算，控制在两次测量的间隙完成。晚上睡觉也要带着血压计，睡眠中有时会被胳膊上的突然加压惊醒。住院后期，血压高压高于 120 的时候越来越多了，经常听说有孕妇血压升高，很快安排剖腹产的病例，所以每次快到测压的时候，我都会赶紧在床上平躺，这样测出来的血压就会低点。对蛋白质的测量就更细致和多方面了。护士每天都会过来记录我的饮食情况，换算成液体体积，这是摄入量。每次小便的时候，要用量筒收集尿液并记录，这是排出量，排出量要和摄入量平衡。每天的尿收集在小桶里面，护士每 24 小时拿去做一次白蛋白测定。当尿液白蛋白数量升高的时候，就要做次血液检测，看看血液中白蛋白的含量。这个时候，每天的体重记录也非常的重要，后期我两天增重了 5 斤，这就是因为组织内的水没有排出去，严重的会造成心衰。

输液硫酸镁主要是抑制宫缩的，我 19 周刚感觉到胎动的时候，就有宫缩了。药液连接着专门的输药泵，一分钟输液 20 滴。硫酸镁的药物反应，就像发低烧，头昏发热，口干舌燥，而我又不能多喝水，喝的越多，滞留在体内的越多。每天输液的十个小时是不间断的，期间吃饭、上厕所，做各种的检查，都要带着输液的这些装备，后期荣升到了护工推轮椅送我去门诊检查的时候，也是车上挂着输药泵，一路叮叮当当招摇过市，关注率空前提高，估计也给正常产检的准妈妈带来了不小的心理恐慌。

每天胎心监护的时候，将胎心仪绑在肚子上，对着宝宝胎心的位置，通过仪器能听到宝宝清晰、有力的心跳声，那是一天中最幸福的时光。孕晚期的宝宝，清醒的状态下，半个小时大约有四次心跳加速，那是宝宝在动呢。就这样，一边看着仪器记录的心脏跳动次数，一边进行着各种让宝宝活跃起来的尝试，心跳 130 是宝宝在睡觉，心跳 180 是宝宝在运动，渐渐地，我们发现了宝宝的喜好，喜欢听妈妈讲故事，喜欢爸爸叫他的名字，喜好妈妈喝的牛奶的味道，最爱听的音乐是《小苹果》，高兴的时候能在妈妈肚子里面翻个身！

四、亲人的陪伴，困境中的温暖依靠

时间就这样在一天天的检查中度过，每天来陪伴我的老公都是一脸轻松，每次来查房的大夫都从容镇定，每天来送饭的爸妈从来都没问过我的病情，这一切，让我从来都以为我的病很轻，是医生太多谨慎，才让我住院观察。后来，我才知道，住院伊始，医生就告诉老公，我是不可能生产前出院了，病情随时可能发生变化，不排除紧急剖腹产的可能。尿液中排出的白蛋白越来越多，可以通过输入人血白蛋白缓解，血压要是升高了，是不能吃降压药的，我就随时面临心衰、脑出血、肾衰竭和抽搐的威胁，尤其抽搐发生时几分钟的缺氧，也会对胎儿造成不可逆的脑损伤。所有人瞒住我，就是想让我有个轻松的心态，避免情绪紧张造成血压升高。

从我住院起，照顾我和宝宝的所有事情，都落在了老公和老爸老妈的身上了。老公单位领导知道我的病情后，特意给他放假，让他在医院全心照顾我。老公每天找医生，询问我的病情，打电话给在老家当医生的姐姐咨询治疗方案。住院期间，我的病情一步步失控，老公经常一个人在家焦虑到后半夜都睡不着。爸爸有脑梗塞，妈妈得过脑出血，虽然两个人都恢复得很好，但很多事情做起来还是会吃力，就这样，为了保证我和胎儿的营养，爸爸妈妈每天做好饭，先到医院送饭，两个人再坐公交车回家吃午饭。怕我血压升高，每次做菜放盐，都要用称称重，精确到微克。这点点滴滴的爱啊，给了我多少的勇气，陪我度过了难捱的医院时光。

五、半夜生子，缘来是你！

住院第25天。离预产期越来越近了，我的心情越来越轻松，马上就要结束治疗的日子，马上就能见到我的宝宝了！但是身体却越来越沉，走几步路就喘的厉害，尿蛋白已经有 ++ 号了，血压高压在130，做检查的时候也开始享受轮椅待遇，家属开始了

24 小时陪护。我想着胎儿越来越大，感觉吃力应该是正常的吧，丝毫没有意识到危险越来越近。11 月 5 日凌晨 3 点，我气窒憋醒，感觉心跳得厉害，数了下胎动，觉得比较正常。叫来了护士，测量了下血氧浓度，正常值内，测量了体重，比前一天增加了 3 斤。为了防止缺氧，最后还是带着氧气管睡着了。早晨七点，医生陆续上班了，我正在吃早饭，管床大夫急步走了进来，通知我停止用餐，今天准备剖腹产。嘴里的馒头还没咽下去，我的眼泪就流下来了，太刺激了！老公接到我的电话，话都说不出来了，火速赶到医院。管床大夫又来了第二次，说主治大夫研究了我的情况，因为血压一直没有增高，可以不用剖腹产了，通过输入人血白蛋白，排出体内积液，缓解浮肿，减缓心脏和肾脏的负担。

　　感觉心情就像过山车一样，又惊又险后，平安着陆了。5 日一天，做了心脏 B 超、子宫 B 超，又是一番验血，结果都很稳定，无异常。到了晚上，老公实在不放心，在医院留宿。夜里 9 点多我已经睡着了，10 点半的时候，突然被小腹疼醒，觉得比以前的宫缩要疼很多。老公赶紧叫来值班护士，绑上胎心监护仪，好在宝宝一切正常，做了有 20 分钟，我发现宫缩已经有规律了，每 5 分钟一次，而且越来越疼。老公再次跑去找值班医生，医生过来一检查，发现已经宫口开两指了，让老公马上买待产包，让护士推我去产房。我和老公两个人完全傻掉了，距离预产期还有一个礼拜，宝宝怎么突然就发动了？！护士直接把我和病床一起推进了产房，这时候的宫缩已经到了难以忍受的地步，我脱得就剩个背心，一边忍着腹痛，一边爬到了待产床。一只手输液，一只手绑着血压计。医生过来检查了下，发现已经开到五指了，得，刚躺下，又起身爬到了产床。护士拿来了碘酒进行消毒，不知道什么时候，身边围了一圈的医生护士。发现她们在讨论，是不是要把我推到手术室，按照之前定的治疗方案，为防止生产时血压升高可能引起的抽搐，我必须进行剖腹产。最后，产房的主治医生一锤定音："别了，都开五指了，等推到手术室，都生了！"

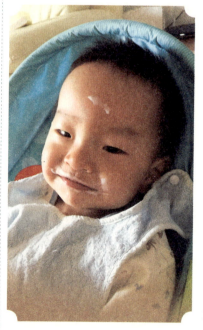

这时，腹部突然有种很大力的疼痛袭来，我清楚地感觉到宝宝在腹内调整了位置，头部对着宫口，同时便意也达到了顶峰，宫口全开了，所有的思想、所有的感觉就是疼！"不要喊，闭住嘴，用鼻子喘气，用肚子使劲！"医生大声地发出指令，把我的意识拉了回来。宫口全开之后疼了3次，我就感觉不到了宫缩，整个人突然好舒服，一点都不疼，来不及纳闷，我憋住气，慢慢地使劲，清楚地感觉到宝宝一点点的滑出体外。进入产房40分钟，我生下了一个胖胖的男宝！缝合撕裂伤的时候，宝宝就包在粉色的小被子里，躺在我床边的小车上，我看着他，想着原来你就是我的儿子啊，怎么长的那么像你爸啊？

产房外面，我爸爸妈妈、老公、婶婶和弟弟，都在等着，因为我生得太快，好悬没生在他们赶到之前。产后第二天，我的浮肿下去了好多，插着尿管，整整排出了 10 升水。张龚大夫说，我生的时候，如果她在医院，说什么都会拉去剖。在宝宝一岁的时候，看到篇报道，有名在中科院工作的产妇，也是子痫前期，血压升高导致主动脉夹层破裂，经抢救无效死亡，实在是后怕。

　　非常感谢一起编书的各位妈妈，大家的鼓励和支持，帮助我完成了这篇文章，完成了自己的心愿，希望孩子长大后，得知这段经历，能体会到生的不易，会更加爱惜自己，更加珍爱生活。

2016 年 4 月 5 日

小为诞生记

刘　琳

　　小为同学出生于 2014 年的 4 月 21 日，顺产，无侧切，除了产前因为羊水减少有过一次虚惊之外，从怀孕到生产一直很顺利。小为出生 3 个月的时候，我写了这篇流水账，以纪念这段人生中最特别的时光。

♥ 虚惊

　　怀孕前我就买好了新世纪妇儿的产检和生产套餐，一直跟着著名的黄奶奶产检，从怀孕 12 周开始，小为的各项指标一直一路绿灯，一直到 37 周零 4 天，终于遇上了状况。那天是常规产检，做了胎心监护和 B 超。因为产检指标一直很正常，到了这个时候，我除了担心他脑袋长得太大不好生之外，觉得应该不会再有其他问题了。没想到，黄奶奶看完 B 超单子后说羊水指数 9.8，偏少，交代我回家使劲喝水，三天后再复查，如果还少就要收住院了。

　　回家后遵医嘱，我使劲喝水，每天 3000mL，喝得都快吐了。

　　38 周整，也就是三天后，我去医院复查。心里想着应该能顺利过关，没想到羊水反而降到 7.8 了！这次换了个大夫，王敏娃，他跟我解释了一下羊水减少通常有两种原因，一是喝水少了，二是机体本身产生羊水的能力出问题了。大夫说，既然你已经补了三天的水，羊水指数反而下降了，那就住院催产吧。那天正好是我开始休产假的第二天，我挺得意，跟我妈说，看我这安排，几乎一天都没耽误。

于是，打电话给熊哥，他本来预定了当晚要出差的，只好赶快取消了出差计划，风风火火地来医院接我，然后去吃午饭，回家取待产包。

下午正式入院，新世纪妇儿的病房条件不错，设施齐备，就是稍微有点小。病号服是小碎花的裙子，挺好看。换好衣服，一想到可能明天就能见到宝宝了，我有点兴奋。病房的大夫详细地查阅病历后跟我又解释了一下我现在面临的情况：羊水持续减少，意味着胎儿可能会缺氧，所以通常建议催产。当天下午先做一个 OCT，也就是催产素激惹实验，目的是人为地引发宫缩，观察在宫缩情况下胎儿的耐受程度，如果好就可以催产，不好可能就需要考虑剖腹产。

不过，大夫又说了另一种情况，建议当天继续多喝水，第二天一早再去做个 B 超，如果羊水涨上来了，还是建议回家等自然发动。

啊？原来不见得明天就能见到娃啊，我有点错愕。

解释清楚以后，我就被绑上了胎心监护仪，扎上了吊瓶，催产素一点点地流入体内。大夫时不时地过来摸摸肚子，问我是否有宫缩的感觉。我始终没觉得疼，只觉得有一点点发硬。两个小时过去了，大夫看了胎心监护的曲线，情况挺好，建议等第二天早上做个 B 超再看看。

鉴于当时我还是具有自理能力的正常人，我让妈妈、婆婆和熊哥都回家了，一个人吃了份医院的病号饭——腊肉炒荷兰豆，味道很好，于是就开始了百无聊赖的夜晚。

换了床，很怕失眠，确实也睡得不算好，夜里护士来听过几次胎心，迷迷糊糊的天就亮了。

八点不到，趁着门诊病人都还没来，护士带我去做了 B 超。我心里其实挺矛盾的，一方面，期待今天就催产，早点见到娃。另一方面又觉得等自然发动更好。结果总是充满戏剧性，B 超结果出来，发现羊水又涨到 12 了。B 超大夫也跟我简单解释了一下，说有可能宝宝在羊水里刚刚撒过一泡尿，羊水指数又回涨了一些。回到病房，大夫看了下结果，说："行，出院吧。"

因为之前买了顺产套餐，这次住院没能生，所以只能走套餐外费用。一结账，7000 多，真心贵啊！结完账，我俩带着大包小包又回家了。熊哥开玩笑说，这娃是真正的坑爹啊，钱没花到位就不出来。

就这样，我的妇产医院一晚游结束了。

发动

最后一次 B 超，娃儿的估重已经快八斤了，我担心他再长就不好生了，所以一直期待着早点发动，可从医院回家以后好几天，一直没有任何迹象。我有点焦虑，保持着每天白天和晚上各快走 30 分钟的运动量，希望生产时能容易些。

38 周零 5 天，是个周日，我跟熊哥去超市采购，权当是当天的运动了。我俩大包小包地买了一堆，最后我提了几件挺沉的，从车里提到家。从怀孕后我一直没提过重物，现在不怕了。

不知道这天的大运动量是不是起了作用，下午到晚上，我感觉胎动比平时要剧烈很多，肚子一会这边鼓个包，一会那边鼓个包。难道是娃不耐烦，想出来了？

晚上 11 点，正常睡下。凌晨 2 点起夜，熊哥还没睡。回床上躺下，刚刚有点睡意，突然觉得肚子疼了一下，我想，不会是要生了吧，念头还没转完，就感觉到一股热流涌出来。破水了！

熊哥刚刚躺下，听到我的叫声，从书房跑了过来。我觉得他好像比我更紧张。简单商量后，我们还是决定按医生交代的，破水后要平躺叫救护车。120 的效率挺高，十几分钟就到了，不过担架在电梯里伸不开，我还是自己走了几步才到车上，一站起来就感觉水哗哗地往外流，我想，不会流完了吧？

大约凌晨 2 点 40 分，我们到达医院，直接进了产房。产房大约有四十平米，一张病床，也可以变成产床，一张双人沙发床，一间独立卫生间，挺宽敞。值班大夫是个漂亮姑娘，跟我说，行了，到医院了就别怕了，没问题了。她做了个内检，说宫颈还没

开。又摸了摸肚子，说估重 3.8 公斤，又跟我说看我的情况估计下午四五点能生。后来的事实证明，无论是重量还是生产时间上，她都说得很准确，别看人家年轻，经验很丰富啊。

大夫交代说，趁着还没有阵痛，赶快睡一会，积攒体力。躺在床上，我却一直睡不着。

大约四点左右，阵痛开始了，不太规律，疼痛程度大概相当于轻微痛经，上厕所的时候发现已经见红。

五点，老妈赶到，还给我带了早饭。趁着疼痛还不是很严重，我啃了个烧饼，还吃了半个咸鸡蛋。这个时候，阵痛已经变得规律了，大约 5 分钟一次，每次持续不到 1 分钟。

八点，白班大夫上岗，夜班漂亮女大夫交代了一下我的情况，白班大夫还是上次我住院时的那两位，都很和蔼。内检后说开了指尖。此时的疼痛大概相当于痛经较严重时的感觉，鉴于我过往

数年的痛经历史，仍然觉得可以忍受。

九点多，我还发了个微信朋友圈。几分钟后，就收到了 N 多条加油打气的评论。然后，剧烈的疼痛就开始了。

从十点到十二点，阵痛已经变成了两三分钟一波，每次持续一分多钟，也就是疼的时候多，不疼的时候少。疼痛超越我任何一次痛经的感受，不仅仅是肚子疼，后腰也疼得要命。熊哥和妈妈很想通过抚摸安慰一下我，可我觉得没有任何帮助，只记得自己一直喊，别碰我，别碰我。

熬到十二点，我跟熊哥说，我快受不了了，让大夫给我上无痛吧。大夫来做了内检，说宫口勉强开到了两指。大夫特别特别温柔地跟我说，现在上无痛可能会影响产程，要我再忍忍。听了大夫的话，忍了半天的我眼泪吧嗒吧嗒往下掉。大夫见了，一直不停地鼓励我要坚强，等待无痛的好时机到来。

于是，上了胎心监护，继续咬牙忍着。大概忍了半小时，那个时候已经几乎每一分钟都处于疼痛状态了，只是有时候疼得剧烈，有时候轻微一些。疼痛剧烈的时候我学着用深呼吸的方法，好像有些许效果，后来又感觉手开始发麻。

我开始嚷嚷，不行，我受不了了，我要上无痛。熊哥又去找大夫，回来说，麻醉师都已经在门口准备好了，再忍忍。

大约一点左右，麻醉师和大夫都站在床前了，大夫说，按道理说，一般三小时才内检一次呢，看你实在太疼了，我再给你检一次吧。结果，一检查，大夫说开得挺好，上无痛吧。

上无痛的过程大概用了二十分钟，在剧烈的疼痛下要按照麻醉师的要求把身子弓成大虾米状，感觉一根针扎到了腰上，忘了疼不疼了。

大约两点，无痛终于发挥了作用，几乎不疼了。我勉强吃了几口中午饭。

好时光总是短暂的，还没半小时，疼痛又开始剧烈了，这次还伴随着强烈的便意。我按麻醉师说的让熊哥按一下按钮加药量，加了药量，疼痛稍有缓解，不过便意却越来越强烈。大夫说，这是胎头下降压迫肛门导致的。

我迷迷糊糊地躺了一个多小时，妈妈也在沙发上睡着了，熊哥坐着也睡着了，还打了点小呼。

四点半左右，助产士来了，是两个年轻姑娘，一个大眼睛美女，一个圆脸盘，笑起来眼睛弯弯的特别和善。大眼睛美女说，一会我会教你用劲的，别紧张，按我说的来就行。我说，我觉得便意很强烈，是不是要生了？助产士说，应该不会这么快，我帮你看看。结果一内检，宫口基本上开全了！从上无痛到那时，也就三个小时，从两指开到十指，我也觉得这速度超出预期啊。

于是，两个助产士姑娘开始了各种准备工作。

♥ 生产

准备工作做好了，大夫又进来看看我，发现宫缩已经变弱了，麻醉师给停了无痛，我也不觉得有阵痛感了。这个宫缩程度貌似不太好生，于是，大夫又在吊瓶里加了点催产素。哦，刚刚忘了说，破水后12小时如果不生产，需要静脉注射抗生素防止感染，所以我早就挂上吊瓶了。

　　五点左右，正式上产床。其实就是把我躺的病床两侧的放腿支架摇起来，下半截折叠一下，就变成产床了。大眼睛美女又讲解了一下动作要领，核心就是宫缩的时候使长劲，用排便的力气。

　　此时产房已经清场，妈妈和婆婆都出去等了，熊哥穿上了无菌服，留下来陪我。红牛已经打开，巧克力也已经拆封。万事俱备，就等最后一哆嗦了。

　　奇怪的是，这个时候我的宫缩已经非常弱，助产士交代说感受到宫缩就用力，可我自己好像不太能感受到宫缩的来临，只能摸索着用力。试了几次，两个姑娘都说挺好的，挺会用劲。我也不知道她们是鼓励我，还是我真的会用劲。大概十几分钟以后，感觉已经憋得不行了，忍不住地想使劲，熊哥说已经看到宝宝的头发了。大眼睛美女说，好了，现在不能再一直使劲了，不然会撕裂比较严重，按照我的指挥，让你使劲就使劲，让你停就大口呼吸。按照她的口令，又用了几次劲，我感觉一股暖流从身体里涌出来，那种憋胀的感觉顿时消失了，我知道，宝宝的头出来了！

　　宝宝的脑袋刚出来，身子还没出来，他竟然就哭了，声音极其嘹亮。接下来的过程就简单多了，我感觉两个助产士把宝宝的肩膀轻轻拽出来，然后娃就一下子出来了。3780克，果然大头长腿。

　　然后是胎盘娩出，缝针，一度撕裂。宝宝在旁边几米开外的地方被清理血污，再穿上衣服，整个过程中，他都在哇哇大哭。

　　巧克力没用上，红牛只喝了两口，整个生产过程大约半个小时，远远低于我的预期。

　　婆婆和妈妈都进来了，妈妈哭了。我躺在病床上，还是几乎不能相信，我已经完成了这个艰巨的任务。彼时的我，充满巨大的成就感和幸福感，我以为，最艰难的时刻终于过去了，后来我才明白，这一刻才是真正艰难的开始。

　　是夜，小为躺在我的身侧，努力地吮吸着完全没有奶的乳房，那种专注的样子让我觉得心都要化了，从那天开始，我变成了妈妈。

女神节诞女神记

谢　然

赞宝，是我和刘先生计划的结果。

作为一个上学期间体育成绩永远在及格线上下徘徊的运动白痴，抱着身体健康才能怀上健康宝宝的信念，我咬牙坚持了三个月的每天 5 公里。在这之后，才第一次尝试跟刘先生要孩子。没成想，第二个月就因为刘先生打球疑似小指骨折拍摄 X 光片而被迫中断尝试。

我对刘先生的抱怨犹如滔滔江水连绵不绝，"为什么不跟医生说你在要孩子啊？""拍个手为啥不穿防护服啊？""这样又要等三个月了，每天跑步实在坚持不下去啊！""往后拖生在夏天了，想热死我啊？"但后来才后知后觉地知道，就在我抱怨刘先生的同时，赞宝已经结结实实地住在了我的肚子里。

（一）减肥大计，竟然在怀孕阶段完成了

我一直属于那种不胖不瘦的体型，也一直属于那种咋吃都胖不太多，咋饿都饿不太瘦的体质，所以对于减肥这种费力不讨好

的事，从来都是常年挂在嘴边却坚决不执行。特别是在嫁给刘先生之后，警惕性的直线型下降更加助长了我爱吃又懒得动的惰性，腰围一度飙到了人生最顶峰。

妊娠反应来得很快，虽说呕吐不太多，一天却吃不下什么东西，像得了厌食症一样，稍微吃得多一点，胃酸就开始往上反。在怀孕的最初三个月里，我就这么生生地饿掉了5斤。直到怀孕5个月的时候，我的肚子都不太明显，掀起衣服看，也就像吃饱了撑的那个样子。好容易胃口开始好了，6个月做糖耐检查的时候竟然没过。天哪！对于一个吃货来讲，胃口大开的时候让我禁食任何甜食、零食、饮料，限制每日最多半个苹果，严格限制主食摄入量，这简直就是不人道啊！啊，我的奶油蛋糕，我的冰激凌，我的巧克力，我的牛角面包，我的大白米饭、暄馒头……我只能在心里一遍遍呼唤着它们。该死的妊娠期糖尿病，让我每天饿得脸都绿了，可血糖依然下不来。怎么办？锻炼呗！每顿饭后3公里，一天将近10公里，小区里步行道上，就见一孕妇，整天孤单一人来来回回地傻走着，风霾无阻。

谁说减肥减不下来，那是没真减！迈开腿管住嘴，什么减肥药、抽脂、缩胃手术通通用不着。看着我越来越细的胳膊腿，怀孕9个月从后面还能看到小蛮腰，肚皮薄到一宫缩都能看到娃的大概轮廓，直到生娃那天我的体重一共才长了6斤。这减肥成果，真是杠杠的！

(二)毫无准备的羊水早破

可能由于长期营养不均衡，到了孕期 36 周的时候，各种问题就来了。什么羊水少，什么不入盆，什么尿蛋白，最严重的就是血小板持续降低。医生说这个有大出血的危险，不能再低了，不行就提前催产。弟媳说千万不能催，催比自己生还疼。于是刘先生就天天在我肚皮上念叨，小赞赞啊，爹地想马上见到你啊，你快点快点出来啊，你看最近都是好日子啊，516，517，518，519，520 可是女神节啊！

5 月 19 日那天，我照常走在小区的健步道上，走着走着就有一种强烈的感觉，好像孩子快掉下来了！我回去跟刘先生讲，刘先生说，快就是 520 生，慢就是 521 生，都是好日子！

当天晚上 11 点，上厕所的时候我发现内裤湿了一小片，我以为是漏尿，就没管。换了干净内裤，躺在床上睡不着，感觉下面又有一小股水出来。咦，电视上演的羊水早破不都是哗啦啦一大片地流下来么？对于羊水早破没有提前做功课的我，开始和刘先生现百度。百度到 12 点，我们还是决定去医院碰碰运气。说来胆儿也肥，这种情况应该叫救护车抬着去的，可我把所有的劲儿都用在关闭尿道括约肌上，坐着刘先生的车就奔医院了。

我在和美妇儿建的档，大晚上私立医院也没什么人，值班的大夫正好是我的主治医师孙桂省（301 的专家），这让我心里轻松了许多。孙大夫一检查，说容一指，收了吧，先观察一晚上有无有效宫缩，没有的话，明天早上催产。老公回去拿待产包，换妈妈来陪我。小护士 2 小时一查房，一晚上就在跟瑞典闺蜜的聊天中很快度过了。早 8 点，孙大夫又来检查，依旧容一指，依旧无有效宫缩，进产房，上催产吧！

我快速地吃了几颗最爱的瑞士莲巧克力（终于可以吃巧克力了），喝下两大杯据说可以软化宫颈的浓浓的蜂蜜水，换上衣服就被推进产房了。由于前一天刚做了产检，所以省去了再次检查的时间。就在病房去产房的那短短几分钟里，我想了很多：我咋没见红呢，不是说见红了就可以洗澡了么？电视剧里都是骗人的，破水跟漏尿咋这么难区分？我两天没洗头了，这一出来可就一个月不能洗了，怎么过啊？我复习复习拉梅兹呼吸法吧，不过，之前王宏茹老师教的咋使劲来着……哈哈，太没正形儿了吧。

（三）520 女神降临

产房硕大，加上洗手间得有个 60 平吧，中间就摆了一张产床，真是浪费空间，也没安个电视机啥的。护士过来给我安上胎监，打上催产，这时刘先生也穿着绿大褂进来了。我瞄了一眼对面墙上的钟表，显示 8 点 45 分。

疼痛感一点点上来，10 点左右宫缩就开始规律了。我一边盯着天花板，一边用呼吸法来试图减轻痛感，然而并没有效果。11

点护士端来了午饭，刘先生一口一口地喂我，我也尽量吃得多一点，好有力气使劲。12 点左右，剧烈的痛感一阵一阵袭来，刘先生掐着秒表，宫缩已经变成持续 1 分钟，间隔 2 分钟。13 点，我双手紧紧抓住床栏，头死死顶住床板，再也忍不住开始哼唧。刘先生给我放郭德纲，我却什么也听不清，感觉全是噪音。14 点，护士放慢了点滴，宫缩变为持续 3 分钟，间隔 1 分钟，那一刻，什么呼吸法，什么郭德纲，就连刘先生温柔的安慰我都全然听不见，心里一万句脏话像弹幕一样飘过，眼泪不住地往下流。助产士检查说宫口开三指了，于是停了催产针，我自主宫缩也上来了，准备上无痛。从麻醉师到，加上准备，又过了 20 分钟，就在麻药注入我背部的同时，一阵强烈的排便感袭来，我大喊一声，忍不住了，要拉出来了！

助产士立刻来检查，只听她大喊一声："开九指了！"一瞬间，助产士、护士和护士长五个人一下子全冲了过来，各就各位，各司其职，这紧张的阵势一下子让我忘记了疼痛，话说也有可能是麻醉起了作用。在我还没来得及看清楚她们都做了些什么的时候，护士长已经出现在我下方，调整好我的姿势，开始喊使劲了！

我迅速回忆了下曾经学过的呼吸方法，又努力把气集中到肚子上方，在每一次宫缩来临时用尽最大力气去使劲。但据刘先生回忆，我的力气全部使在了脸上，把脸憋得通红。他一边扶着我的后背，一边喊着加油，又时不时地告诉我，使一下劲就能看到一点黑头发露出来。

也许是上了无痛不疼了，没有动力，加上又不太会使劲，时间拖得越长，我力气越小。听着胎监中发出的胎心声越来越慢，我急得大喊，没胎心了！没胎心了！突然，我仿佛感觉到一只手伸了进去，一下子把一大坨东西拽了出来！我又大喊，怎么没哭！怎么没哭！不知道助产士怎么拍了一下，赞宝一下子大哭起来，护士长看了一眼表，淡定地说了句15点49分。赞宝就被剪了脐带，抱去清洗称重了。51公分，2900克，女神降临。

（四）无法释怀的帆状胎盘

我的第三产程进行得很快，5分钟就排出胎盘，护士长开始缝合我的轻度撕裂，赞宝也被抱来趴在我身上吸奶。真的好神奇，刚出生的宝宝就会自己找奶头，一下一下的嘬得好有劲。刘先生问我，疼吧？还要二胎么？我坚定地说，当然要！不过如此！

撕裂缝合后，赞宝被抱去放到小床里，刘先生开始不断地电话、微信给亲朋好友报喜。我打上缩宫针，屁股底下垫上尿盆，感觉一直有血流出。我精神状态超好，要求自己去上厕所，被护士搀扶到洗手间，护士嘱咐我一定要抓好马桶旁边的扶手，免得晕倒。话音刚落，我大喊一声我晕了，便失去了意识……

等我醒来的时候，已经被抬到了床上，身边有个年龄稍大貌似更高级别的医生在一下一下地给我按子宫，后来我才知道她是产科主任。见我醒来，她轻声安慰我说，别害怕，你宫缩不太好，有些大出血，但现在一切都在控制中，一定会没事的。

我没多想，脑袋昏昏沉沉的，看见房间里突然多了好几个人，有医生，有护士，都蹲在地上围成一圈说着什么。我有些奇怪，问，她们在干嘛。产科主任迟疑了一下，说，现在你们母子平安，我还是告诉你吧。她们在研究你的胎盘，你是帆状胎盘，万分之二的概率。这种症状没有成因，二维B超无法筛查出来，像这种情况，是绝对不允许顺产的，胎死腹中的几率特别大，你的宝宝真是命大，一定会是大富大贵之人。

这件事一直在我心中挥之不去，我百度了下，"帆状胎盘是指脐带附着于胎膜，血管经胎膜作扇形分布进入胎盘。这种胎盘极为罕见，如果脐带附着点正好在胎盘下缘近宫颈处，可受胎儿先露部的压迫，引起胎儿宫内窘迫乃至死亡。"后来我在月子中心也碰到了一位帆状胎盘的妈妈，她在协和顺产，胎儿由于宫内窘迫而转剖，最后还是没有抢救过来。

为什么没有一本备孕的书讲过帆状胎盘？为什么没有一家医院，三维彩超强制排查所有孕妇？即便是万分之一的概率，也可能造成一个家庭的悲剧，或者一位妈妈心理上难以修复的一辈子的创伤。

于是，我有了一个想法。我想联合十几位妈妈，特别是高危高龄的妈妈，分享自己备孕生产的经历，写成一本书。用我们不太专业，但最深刻的体验告诉正在备孕的，或者已

经怀孕的妈妈，你可能会遇到什么样的情况，生产是一种什么样的体验。也给几次尝试怀孕失败的妈妈们信心，这么多疑难杂症的妈妈都能生出健康的宝宝，你的宝宝也会在最合适的时候来到！

最后，感谢我的宝宝赞赞，你一定是特别心疼妈妈，才这么顽强地来到这个世上。上天一定是用这种方法告诉我，要加倍地珍惜和爱护她！

临产前的 24 小时

冯应馨

2014 年 11 月 11 日，这天是全民狂欢的"双十一"。当大家都在忙着往购物车里疯狂采购时，我血拼了我们整个小家庭期待了一年的小"宝马"。

11 月 10 日，正午时分，我和糊糊像往常一样坐公交车去医院产检。秋日的暖阳透过车窗洒在我圆鼓鼓的肚子上，让我的心情也跟着美美哒。

这一天，小家伙刚好 40 周。可是，没有宫缩、没见红，甚至连下腹都没有丝毫的不适，"大球"依然安安稳稳地驻扎在原来的位置上。我的行动几乎没有受到限制，走路身轻如燕，着急了跑两步，糊糊得大喘着粗气才能追得上。

漫长的排队和等待之后，在太阳下山之前，我终于还是被通知回家待产。胎心、胎动、羊水一切正常，宫口未开。尽管日子已到，我们却只能对着病历单上的"无不适，胎动好"无可奈何。未知让人忐忑，这种心情无异于等待高三时的突击考试，分分钟都处于紧张激动的状态中。

从怀孕开始，我和糊糊便统一战线，打定主意要顺产。在后

来9个多月的产检中，除了几次乌龙事件外，全程风平浪静，各项指标表现优秀，也更加坚定了我们耐心等待瓜熟蒂落的信念。

可这一次，我焦虑了。

时间已满40周，却一点征兆也没有，会不会变成过期产？孩子预估超7斤，已经略胖，顺产会不会有困难？孕晚期孩子的体重增长堪称秒速，就这么等下去，会不会变成巨大儿？

好吧，好吧。胡思乱想无济于事，我们决定先在医院附近解决晚餐，然后远征王府井去搞定婴儿床。

事情总会突如其来得让人猝不及防。

餐后去洗手间，见红。火速赶回医院，检查，依然无任何不适。但医生看出了我的不安，被收住院。

下午5点，爬上6楼的产区，换好病号服，一位斯文的男医生进来给我检查宫口。我竟然毫无丝毫的忸怩，表现得比他还自然，内心里的十万火急，压根儿也顾不上男女有别云云。

"你不疼么？"

我摇摇头。

"宫口都开了，你竟然不疼？这么多年，我就没见过这样的！"

"明天早晨6点，进产房。"

"什么，进产房？我什么反应都没有，怎么生？"

"打催产。"

"什么？我要顺产！我要顺其自然地生产！"

没有人给出解释，更没有人理会我内心的咆哮，只留下一个写了名字的粉红色小条在手腕上挂着。

折腾了一整天，已经入夜，可翻滚的内心始终让我无法平静入睡。

糊糊回家去拿待产包，留我一个人穿着宽大的病号服在楼道里上上下下。我依然奢望爬楼梯能让小家伙自己发动，也想排解下当时的百无聊赖。

病房里小朋友的哭声此起彼伏地传来，我的心里也跟着高兴，用不了多久，我也能抱着自己的孩子入睡了；迎面一位同穿病号服的妈妈扶着墙根，一走一停地在楼道挪动，说是剖腹产后刚能下地，看着她痛苦地活动腿脚，又让我心里一紧；"太恐怖了！"另一位妈妈回忆起她生产时最后的缝合，丝毫感觉不到麻药的存在，根本就是直接在肉上扎洞，她决然表示，不会再要二胎了。

糊糊拎着行李箱，抱着两大桶矿泉水回来了，得瑟地告诉我：虽然是深更半夜一个人走在马路上，但感觉今晚的夜色特别美。

病房基本都熄灯了。昏暗的楼道里，我们小两口头靠着头，在远远飘来的婴儿啼哭中感慨：万里长征，总算要到陕北了！

护士突然闯进来了，我和糊糊迅速地从床上弹了起来。早晨5点半，带好东西，准备催产。

尽管我依然顽固地找各种理由推脱着，想等待小家伙自己发信号，可我还是被推进了产房。

所有我之前认识的护士都不见了，取而代之的是另一批技术娴熟的"凶神恶煞"。待产室里十张床分两排布置，每张床配一个

床头柜，所有自己的东西都只能放在这里。不准用手机、不准下床活动、嘘嘘之后不准用纸……我们这些准妈妈，就像进入实验室一样，接受指令做出行为，没有自我发挥的理由，更没有表达的机会，所有个人需求都要通过护士向产房外的爸爸们传递。

一门之隔，爸爸们也并不比我们轻松多少。每一次护士出出进进，爸爸们都会伸长了脖子巴望，每一次都期待叫出的是自己爱人的名字，哪怕是帮忙送点吃的喝的，心里也能舒服一点。除了等待，他们什么也做不了，什么情况也无法知晓。电子屏幕上滚动着的是家属们进入产房前的最后状态，此外再无其他信息。

仪器一台一台地推进来，又一台一台地换走。

上床，去破水。

活蹦乱跳的我被推去隔壁，半躺在操作台上，两腿分开。

哗啦啦的水流声一经停止，我又躺着被推回了待产室。我依旧没什么特殊的感觉，允许的话，活蹦乱跳应该也不是问题。可这一次不一样了，破水之后，任何不规范的活动都可能对孩子造成危险。护士们明令禁止任何肢体上的活动，包括吃早餐喝粥，也只能躺着。

终于放大招了。催产针之后就是等待宫缩，间隔两分钟一次时，护士会随时检查宫口的情况。

就在我气定神闲地和隔壁妈妈交谈的过程中，已经有几个床位的妈妈在呻吟中开始了不安地扭动。妈妈们的脸被一波一波的宫缩折磨得越来越憔悴。刚刚才见舒缓一点，又一波更强烈的痛感就来了。

见我如此淡定，护士加大了催产计量。我依旧是泰然自若地吃吃喝喝，甚至还请护士帮忙拿一下孕产课上的教材，想再复习一下呼吸法则。护士奉劝说："一会儿你就什么也顾不上了。"

果不其然，莫名其妙的紧张感突然从下腹一圈一圈地盘上嗓子眼，刚刚吃下去的东西顷刻间喷了一床。

传说中的宫缩来了！每一次，我的胃都跟着运动，到最后肚子里连水都所剩无几了。

从孕期到生产，我做了充足的功课，我在资料里预习了所有的细节，我对所有突发情况的应对措施都了如指掌，可是没有人告诉我，宫缩会导致呕吐。近十个月来，我几乎没有过孕吐，这一次吐算是补了个彻底。连护士都关切地问我，面色怎么会如此苍白？

呕吐之后，我已经连睁眼睛的力气也没了，只能尽最大限度地调整着自己的呼吸，以应对宫缩的来来去去。

　　伴随着强烈的便意来袭，宫缩的频率终于也高到无法承受了，我颤颤巍巍地举手示意。

　　宫口已开全，准备进产房。

　　但在此之前，我必须先解一次嘘嘘。这个要求让我无助到想找妈妈。强烈的呕吐加宫缩，我连怎么样坐起来都不知道了，如何才能蹲下？我已经口干舌燥到无可救药了，哪里还有水分留给嘘嘘！

　　"你不自己来，就得插管子导，为此多住两天院还增加感染的风险，多不值！"

　　在生孩子这件事情上，女人永远能比想象中表现得更好。护士一吓，我居然乖乖就范了。

　　导乐阿姨来了，扶我上轮椅，又跑前跑后收拾好床上的凌乱。我的世界也跟着美妙起来了。"接下来我会陪你在一起"，相比于护士的简单粗暴，导乐阿姨可温柔极了。安顿我进产房后，导乐阿姨向我简要介绍了注意事项，又帮忙去请糊糊，还轻声细语地提醒我，红牛、巧克力并不适用于所有人，让我不必过分紧张。

　　中午12点半，几乎和糊糊同时，粉色制服的助产士也进来了。

　　最后的大考比想象中要轻松许多。糊糊和导乐阿姨左右护法，有人擦汗，有人鼓劲。我乖乖配合着助产士的指令吸气、呼气、使劲。

宫缩一来，每一次努力，小家伙的头就多出来一点点。可停歇的时候，宫口处的"异物"却卡得我的身体一阵阵生猛地疼。宫缩又来了，只差临门一脚，我的脸憋得通红，拼命地要把这个"异物"排出去。

"我让你使劲儿了么！"助产士几乎吼了起来。

我吓坏了，手足无措。一蹴而就的方式对于我和小家伙都会非常危险，导乐阿姨赶忙解释缘由，又提醒我调整呼吸。

就在宫口处的紧张感迅速消退的同时，一团热热的东西被"扔"在了肚子上。糊糊激动地对我耳语。

12点47分，小家伙出生了！

脐带结扎后，他被转交给导乐，擦洗、测量、按脚印……我的视线和心思也始终跟着导乐转。只记得撕裂缝合的时候，我叫得特别大声，以至于隔壁产床的医生都出来维持秩序。其实并不怎么疼，完全是先入为主的印象在自我渲染。

小家伙被包成褴褓推了过来。他淡定地躺在小车里，眯缝着小眼睛，偶尔配合着随后而来的小朋友的啼哭懒懒地哼两声，以示欢迎。

终于见面了！

我躺在一米外的产床上，边端详边好奇：这是我的孩子么？哪里像我？小家伙却不为离开温暖的母体忧伤，也不为降临多彩的人世激动，安静从容，让我初为人母的兴奋无处着力。

"Hello World."

糊糊第一时间在朋友圈里替他向将要面对的新世界问了声好。

番外

爸爸日记：翻滚吧！小白龙

胡　钢

　　小白龙，我的小宝贝，从今天起，爸爸准备开始给你写点东西了。说是写给你的东西，其实也是写给自己，等你真的能看懂这些字，还不定要到什么时候呢，也许5岁，也许8岁？呵呵，也许我的小白龙是个天才儿童，三岁就能看懂也说不定。

　　不过说真的，天才儿童什么的爸爸并没有期望过，现在我和你妈妈只希望你能顺利、健康地来到这个世界上。

　　其实，你也很想赶快跑出来看看这个跟你只隔着一层肚皮的世界，是不是？这几天你在妈妈的肚子里闹腾得越来越欢，害得妈妈晚上睡不好觉，也是对这个世界充满了好奇吧？

　　看着妈妈的肚皮被你蹬得一鼓一鼓的，我这个准爸爸真是既心疼又高兴：心疼的是妈妈休息不好，身体劳累；高兴的是眼看着你在这个世界上的存在感越来越强。你的每一下跳动都在提醒着我和你妈妈：一个新的生命就要来到这个世界上，我们的生活就要被改变了。

　　被改变了生活的也许不只是你的爸爸妈妈，还有你的爷爷奶奶。因为你爸爸我结婚晚，他们曾经一度以为这辈子抱不上孙子

（孙女）了。你来到这个世界，对他们是一个意外的礼物，他们的生活也会因你而变得更加多彩，你奶奶甚至都已经给你准备了英语教学光盘。

还有你的姥姥姥爷，他们现在还不知道你的存在，但很快他们就会知道了，他们的生活也会因为你的出现而乐趣更多。不过，要是你姥爷要教你喝酒的话，可千万别跟他学。

不过你要知道的是，我和你妈妈，你的爷爷奶奶、姥姥姥爷，我们所有这些人都不能代替你去体验这个世界。世界的变幻与多彩，生活的挑战与美好，都等着你自己来体会和感受。

是的，"生活"这一个词包含的两个字，含义是不一样的；许多人只是机械地生存在这个世界上，却并不能算真正地活着。爸妈带给你生命，但真正能活出精彩要靠你自己。话说回来，人的一生其实不长，我们有什么理由不让自己的生命放出光华，活得精彩呢？

所以，从现在开始，尽情地翻滚吧，我的小白龙！

2014 年 6 月 23 日

生产之痛

周婕妤

11 月初的济州岛已有了微微的凉意，午饭后在海边溜达的时候，我竟哇哇吐了，当时以为是午餐的海鲜有问题而并没有多想，其实，那是我的第一次也是唯一的一次孕吐，当然，那时的我还不知道自己怀孕了。接下来的几天，赶景点，购物，爬山，我一样也没落下，旅程的最后一天，更是从市区的新罗免税店背着双肩背，手里拎着两大箱电器和行李箱，转了三趟公交车，飞奔着赶到机场回到了北京，用老公的话说，看见我从出站口出来就和逃荒回来一样，我的孕期就这样在稀里糊涂匆匆忙忙中开始了。

现在回想起来，我的整个孕期实在太舒服了，没有孕吐，没有浮肿，没有任何皮肤问题，甚至一直精力充沛。青岛、济州、上海、杭州、曼谷……28 周之前，我几乎一直都在出差中度过，即便到了 39 周的时候，还能逛商场 4 小时不休息。也许正因如此，才导致我过度自信，对挑选优秀助产士这件事不屑一顾，也完全没有想到生产的过程会是那么痛苦，给我和孩子带来了不可修复的伤害。

6 月 17 号早上 7 点多，离预产期还有 5 天的那个清晨，还在睡梦中的我被一阵一阵的疼惊醒了，由于之前做了些临产的功课，所以并没有慌张，知道是宫缩了，迷糊中大概数了数间隔，完全不规律，起身看了并没有见红，便多躺了一会。8点起来后，我先洗完澡，仔细检查了入院的行李，又把家里彻底打扫一遍后才叫醒老公，淡定地告诉他今天要生了。老公二话不说就要拉我去医院，和他解释了半天，去早了也没用，也是干等着，不如溜达着有助于生产，他半信半疑地皱眉头。于是晃晃悠悠就到了晚上9点，宫缩还是不规律，一会儿间隔10分钟一次，一会儿间隔5分钟一次，有点见红。老公和我妈急得在我身边团团转，一直不停地问我打算什么时候去医院，我还是没抵住他们的压力决定去医院，起码清静一点。

晚上9点半到了和美，护士询问了大概情况就办理了入院手续安排住院，到病房绑好胎心监护，插了吸氧管，等大夫来检查。当晚值班的正好是一直给我产检的大夫，看见她我心里顿时踏实了不少。大夫开始第一次内检，检查完她惊讶地说："你心也忒大了，都开两指了，你不疼啊？"说来也奇怪，平时针扎一下都呲牙咧嘴的我，当时真没怎么觉得疼。大夫嘱咐了几句，让我再等等看。

晚上11点第二次内检，宫口开三指，疼痛忽然剧烈起来，宫缩间隔大概三分钟一次，不一会就疼得我满头大汗。大夫说进产房吧，开指太慢了，给你打了无痛好好休息一下，估计生要到明天早上了。

0点的时候我终于进了产房，阵痛越来越强烈，像是有一只螃蟹在我肚子里张着八条腿搅和，疼得我哇哇大叫，不一会麻醉师来了，开始准备麻醉，让我弓成虾的样子。后背刚擦碘伏消毒的时候我就开始啊啊叫，麻醉师听着我乱叫，哭笑不得地说："你孩子听着呢，别吓着肚子里的孩子啊，你是A型血吧？"我说："你怎么知道？"他笑着说："A型血大部分都这样！"打完麻药过了大概半个小时，我就完全不疼了，老公在产房用两个沙发对拼着勉强躺下，没聊几句我就睡了。

6月18号早上7点，大夫叫醒我再次内检，结果只开了4指，敢情折腾了24小时就开了4指。大夫决定破水以加快产程，因为孩子在宫内时间长容易缺氧。8点人工破水后等了半个小时，又开始内检，发现孩子是枕后位，比划了半天头和脸的位置我都没

太在意听，只听懂了最后一句，等等看能不能自己转回来，如果不行就转剖。等了这么久，最终却得剖？我当时就蒙了。

上午 10 点，由于大夫交班换成了另外一个大夫，又一次的内检过后，她说，孩子现在的情况有点危险，破水时间长，再不生出来羊水会有污染，孩子在宫内受感染也会缺氧，现在还是枕后位，关了麻醉，尝试在阵痛的时候趁机转转孩子的头，可能还有机会顺产。于是在阵痛的时候，大夫的手伸进宫内给孩子转头。

在 30 岁之前，我也经历过一些痛，打针、磕掉牙齿、摔断脚腕、门夹掉手指甲，但是可以肯定的是，那些都没有生产的时候给孩子一次次的转头来得更痛，阵痛本身已经很难忍受了，还要在阵痛的同时忍受外力在宫内使劲，每转一次，肚子里就是一通翻江倒海，没一会我就吐了，脸上的汗水、泪水顺着脖子流在产床上，很快产床就全湿了。好在痛苦没有白受，孩子的头总算转过来了，大夫说可以顺产，再使使劲就生出来了。

漫长人生，选择何其多，有的时候并不知道一个重要的时刻所发生的转机，究竟值不值得庆幸，即便过去了很久，再回头看也很难说选择了另外的一种可能，又会不会比当时的决定更正确。就像现在我仍会想，如果当初选择疼痛相对较小的剖宫产，我也不会有至今依然无法愈合的侧切伤口，不会有难以启齿的痔疮，儿子的额头上也不会留下永久性的疤痕。但是谁知道剖宫产是否也会给我们母子带来不可预知的伤痛呢？

产房时钟的指针迅速地转着一圈又一圈，我就是生不下来，接生的助产士、护士共有四个人，其中两个在阵痛来的时候使劲用胳膊压着我的肚子助产。三个多小时的产程我早已筋疲力尽，我的脑子里一片混沌，看着大家的嘴一张一合，看着妈妈摸我的额头，但是除了胎心仪里孩子的心跳声以外，我已经听不见其他的声音，到阵痛来临使劲的时候，连胎心仪里孩子的胎心也听不见了。我咬着牙没有大声地叫喊，我清楚地知道，如果喊得太累，会没有力气生。或许是太用力了，以至于不自觉地咬破了牙床，流了一嘴的血。过了11点半，护士打电话又叫来一个助产士帮忙，那个助产士进来后二话没说，就骑在产床上用胳膊使劲压在我的肚子上，意识已经开始模糊的我大叫了一声眼前就黑了，醒来的时候觉得上嘴皮也好疼，后来才知道是掐了人中。

中午12点08分，在一声清脆的剪刀闭合声后，我听到了一声啼哭，我的贝贝宝终于生出来了！由于产程时间长，胎儿宫内窘迫，助产士在侧切确切地说是侧剪的时候剪了足足三厘米达长的口子，而贝贝的脑门上也被剪刀划了一道深深的坑。缝合伤口时，一针一针穿过皮肤的痛感并没有因为麻药而减轻多少，依旧是疼，但是经历了生产的痛苦，这点疼痛几乎是微不足道的。缝合侧切伤口的过程中，贝贝乖乖地、软软地趴在我的身上，睁着眼睛。我摸着他小而柔软的身体，摸着他脑袋上那道流血的伤口，终于还是闭着眼哭了，说不清是因为疼还是为刚才噩梦一般的痛苦总算过去而庆幸。殊不知，产后的痛才刚刚开始，堵奶、伤口撕裂、拆线头、痔疮……

由于奶来得快，生产当晚我就堵奶了，不到第二天早上，两个乳房已经结成了两个大硬块，生完还没缓过劲来，又开始通奶。贝贝不吃奶，几乎嘤嘤地哭了一个晚上。直到出生后的第十天，我们才发现他的锁骨骨裂已结成了一个骨痂，大概在生产时小家伙自己也在使劲，结果挤压到了锁骨，造成锁骨骨裂。不住地哭泣，除了初来到这个世界的害怕，应该也有来自锁骨的疼痛吧？想到他初临人世，稚嫩的身体就承受了那么多痛苦，我的心就隐隐作痛，另一种比生产之痛更加痛彻心扉的痛。

时间会淡化曾经承受过的所有的痛。如今离生产已经过去了9个多月，即便侧切留下的伤口还没有完全长合，还是会时常经历堵奶和痔疮所带来的不适，即便现在走路的时候经常会崴到脚踝，走快的时候盆骨会明显觉得打晃，即便曾经光滑平坦的肚子上爬满了白色的妊娠纹，即便有着满满一衣柜瘦得穿不了的衣服，我也不后悔自己成为了一个母亲。每天会欣喜于儿子多吃了一口饭，会满足于他长胖了一点，长高了一点，满月了，百天了，半岁了，会翻身了，会坐了，会爬了，会站了，这些都是值得庆祝的日子，而我终于也从别人口中的小姑娘变成了贝贝妈妈，进入了人生新的阶段。

人的一生中要经历很多的痛苦，才会使我们变得更加坚强勇敢，就像贝壳中的沙子，终会在自我愈合中变成一颗可贵的珍珠，成为属于自己的耀眼的宝藏。

有一种痛苦叫作值得，有一种痛苦叫作心甘情愿，那便是生产之痛。

第二篇

第 二 道 彩 虹

最美的决定

郑　桢

两岁的大宝又趁我不注意爬上桌子，我抱着二宝对他发出了第三次警告。为了把大宝揪下来，我不得不将二宝放回婴儿车里。哥哥认为我妨碍了他，委屈地大哭，婴儿车里的妹妹也不甘寂寞，兄妹俩唱起了对台戏。

如此戏码，我家天天上演。有人说，一个女性朋友不再联系你，一是她死了，二是她当妈了，三是她的孩子到学龄了。作为两个孩子的妈妈，朋友们确实可以当我死了。

忙碌仅仅是二胎生活的冰山一角，要适应在两个不同年龄孩子之间来回切换，并施行差别化的教育和不同的安抚手段，这些才是真正烧脑的工作。我常常因为无法及时满足其中一个孩子的需求而内疚，然后想要通过陪伴重建他对我的信任，可这恰恰又成为我忽视另一个孩子的开端。

即便这样，我也不后悔生了两个。当大宝把二宝换下的尿不湿丢进垃圾桶时，我是幸福的；当我陪着大宝玩游戏，二宝躺在身边看着我们咯咯笑时，我是满足的。

💗 不期而至的二宝

　　知道有二宝那会儿，大宝刚满周岁。大宝是个男孩儿，长长的睫毛后面，一双忽闪忽闪的大眼睛炯炯有神，机灵鬼怪，十分讨人喜欢。

　　意外不打招呼地插足，让人措手不及。一个孩子都能把全家累趴，再来一个怎么接招？两个小家伙离得这么近，照顾得过来吗？刚休完产假不久，领导余恨未了呢，还想不想愉快地工作了？

　　摊上这么大的事，说，得要啊，千万别折腾身体。婆婆说，还是不要了吧，能把一个孩子培养好就很不容易了。闺蜜说，为什么不要，俩宝一起长大多好。同事说，你疯了吧，还要不要身材、工作和个人时间？

　　我最后才把怀二宝这个消息告诉先生，因为我想在与他商量之前，自己先有个初步的想法。本以为他也会如我一样瞻前顾后，或许先分析一下家庭人手不够的现状，再抱怨一通工作处于上升期云云，最后得出响应国家政策少生孩子多种树的结论，但事实却是他斩钉截铁地要我留下，"这个孩子与我们的缘分只有一次，错过了他，此生无法再遇见，即使以后还会有其他的孩子，但早已不是这一个。"

每个家庭关于二胎的决定都是严肃的，需要综合家庭情况、承受能力、职场风险等多方面因素，除非是提前计划好的，否则像这种意外的种子大都难以开花结果。彼时彼刻，"缘分只有一次"这个回答才更显感动，抛开一切之后的人性光辉是温暖又纯粹的。遵循着这个回答，我有了自己的决定。

我们通常会沿着决定的方向寻找各种理由，那段时间，我"恰巧"读到关于子宫记忆的故事，又"不经意"了解到堕胎的风险和恶果，并"偶然"向领导汇报了意外情况，没想到领导非常理解，忐忑瞬间安放。

如今，二宝已有四个多月，白白胖胖，性格开朗，喜欢跟家人聊天，尤其听到我教育她哥哥的时候，还会咿咿哦哦地插上几句嘴。真是妈妈的贴心小棉袄！

不过，整个孕期，我饱受学步期大宝的"蹂躏"，时而要求"骑马"，时而要求抱抱，对肚子里的二宝疏于照顾，没想到，这竟给她的出生埋下了隐患。

提前 21 天报到

白天刚做完 37 周产检，离预产期还有 21 天。二宝仍选择在玛丽医院生，因为离得近，而且熟悉流程。

医学上对于临产的界定，破水或见红，我生大宝前一样都没有，只是临产几日特别有收拾东西的冲动。清洗衣物，翻箱倒柜，时不时把给孩子准备的东西拿出来，重新叠放到自己认为更满意的地方。

当天晚上，刚刚结束双十一囤货大战，还沉浸在刷单和支付的快感中，完全没有睡意，又把给二宝准备的衣服、奶瓶、玩具收拾了一遍。躺下时已经 12 点拐弯儿了。

第一次感觉到腹痛时，大概凌晨 2 点半，起初以为白天吃坏了东西，没太在意。一个小时后又一次被疼醒，我辗转反侧，可是连换了几个姿势都难以缓解，再想想近来的表现……不会是快生了吧？

多么不希望二宝提前这么早出来，除了担心她体格偏小外，更主要是出于发育方面的忧虑，但如果她非要选择提前出来，保胎亦无济于事。

我冷静地起床，告诉家人这个状况，并把大宝托付给他们照顾。随后洗头、洗澡，整理待产包，拿上身份证、诊疗卡，在婆婆的陪同下走去医院。

11 月的北京虽不至于寒风凛冽，但也是凉风瑟瑟，无孔不入，已是清晨 6 点，外面仍黑沉沉的一片，我把脸钻进羽绒服里，加快了脚步。

对于经产妇，尤其像我这种两个孩子出生时间离得很近的，早产的概率较高。2014 年 4 月刚生完大宝，盆底肌尚未恢复，一年多后又连着生二宝，支撑力肯定不够，加之孕期经常抱着大宝走来走去，早产的风险相当高。判断临产的症状，除了依靠经验以外，还要相信直觉。

到医院做完内检，果不其然，已经开了三指，医生通知婆婆尽快办理住院手续。不敢想象，如果此时我还在家里坐等预产期，结果会是怎样。

医生：我们还没准备好呢

"破水了！不要再用力！我们还没准备好呢！"医生命令我，她神情紧张地戴上手套，手术服上的带子还没来得及系上，"先忍忍，要让孩子生在无菌的环境里！"

第二产程突如而至，医生有些慌了神，当时产房只有她一人，其他大夫还在外面忙着术前准备。由于宫口完全打开，胎膜破裂，羊水流出，使得胎头下降，压迫直肠，让人有强烈的排便感。

"头快出来了，赶紧消毒！"几名护士闻声而入，急忙帮我擦拭碘酒，垫上棉布。刚从消毒柜里拿出来的棉布，还有些发烫。我隐约听到有人引导我深呼吸，但是在极致的疼痛刺激下，我只会本能地憋气和使蛮力。

7点26分，一声闷响，宝宝娩出。从进产房到宝宝娩出仅仅6分钟。第二产程的时间是因人而异的，初产妇一般需要一至两个小时，经产妇会更快，几分钟到几十分钟。整个分娩全程，从腹痛开始到生产结束，不应少于3小时，不足这个时间的，就属于急产。

7点20分刚进产房时，一年前的场景历历在目。同一间产房，差不多的时间，当时的我痛不欲生，呕吐不止，在产房里奋战了近4个小时（私立医院开三指就能进产房，这一点确实比公立医院人性化）才生出大宝，如果不是因为有麻醉剂相助，估计早瘫在产床上了。今时今地，我还没来得及享受麻醉的福利，就猝不及防地进入了分娩阶段。

"是个女孩，2300克，48厘米"，医生清脆地报读。如我所料，二宝体格偏轻，好在其他指标都正常。我请护士帮忙拍下二宝的照片，发给先生。去年大宝出生时的第一张照片是先生拍的，今年他去深圳工作了，没能见证二宝的诞生，甚感遗憾。

　　遗憾或能弥补，后悔亦难填白。因为遗憾只是感叹错过，后悔却是否定了曾经的选择。幸而有了当初正确的选择，如此最美的决定让二宝来到我们身边，开启了彼此独一无二的缘。

写在二宝出生后

潘　悦

1 老二出生前

　　网上关于是否应该要老二的争论很多，以往看到常常会停下研究一二，有时会心一笑，有时也会跟着义愤填膺。我和先生都是家中的独生子女，我俩对于多生育孩子的好处是有共识的。大家都说为了老大不孤独而生老二是个谎言，可是我却清清楚楚地记得小时候表姐弟们离去后家里那四面空荡荡的墙壁。那种蚀心的孤独感深刻地烙印在我幼小的心灵里，让我对拥有两个孩子由衷渴望。然而也并非没有纠结，我和先生都非本地人，我们自己尚且都在北漂，如果要两个孩子，有没有能力让他们获得好的成长环境——这压力实在不可谓不大。事实证明，怀上老二以后，众人看我的眼神大部分都是充满了"敬畏"，觉得我勇气可嘉。而我那时候最经常的回应则是：嗨，不想那么多，生了再说。

　　我这是把自己逼上梁山的节奏哇！

　　其实怎么可能不想呢！在怀孕之前，多少个不眠的夜里，我曾在辗转反侧中纠结。要，还是不要？幸运的是我的父母公婆没有特别反对的意见，且主观和客观的方面他们都能帮得上忙。那么，除了物质条件的压力外，我觉得我没有理由不再去拥有一个孩子。拥有一个孩子，不表示我期待能获得更多回报——恰恰相反，我也许需要付出更多——但我将拥有一个更丰富的人生和未来。

这种"丰富"里，充满了冒险，也充满了机会，看你是不是愿意伸手去拥抱。

于是，在我和先生浪漫主义人生观的支持下，我们迎来了二宝的到来。

2 孕期

这一次，怀孕的身体对我而言不再陌生了。可以说，我从容不迫地安排着一切。

在这之前，我也有过一次失败的妊娠。一年以前，几乎是同一时间，我发现自己有了身孕。那时我不慌不忙，等到快四个月的时候去医院产检（对如今公立医院建档之难毫无概念，最后只能去私立医院），才赫然发现胚胎早已经停育了。那天我一个人在医院，走廊里空空荡荡，我的心里也是空空荡荡；直到好心的护士给我一盒面巾纸——此刻我已经想不起那哭泣的感觉了，只记得回家后我可心的小女儿治愈了我。那一年春天，北京的雾霾特别严重，据说许多孕妇都遭遇了胎停育，她们也许不像我这么幸运，这么迅速地被治愈。在这里，我特别想呼吁，请爱护我们的环境，为了我们自己和下一代！

于是为了迎接再一次怀孕，我几乎做好了一切准备，检查了牙齿、接种了流感疫苗，以及积极的身体锻炼。即便如此，年纪渐长的我们也尝试了大半年。在又一年的早春，上帝终于眷顾了我们。这次我早早地就去了医院做 B 超，早早地领取了母子健康手册，连带再生育证和一切需要的繁冗手续都全部办好。羊年生孩子的人还是少很多，医院建档也相对没那么火爆。谢天谢地，这次一切顺利。

为了产检方便，我特地选择在距离单位一步之遥的医院建档。因此几乎整个孕期的所有检查都是我自己一个人完成的，更有甚者，有时候挂完号，看到排队的人太多，我还会返回办公室忙一会再回来。对比头胎时，我七个半月便辞职回家待产，这次怀老二简直太坚强了！其实也是我的这两胎都很幸运，整个孕期没遇到过什么大问题：没有浮肿，没有高血压，没有高血糖……那些传说中可怕的并发症对我来说真的只是传说而已。在这种情况下，我认为坚持工作给我带来了很大的好处，精神上使我淡化了许多焦虑，身体上也客观地起到了锻炼的作用。所以，如果各方面条件允许的话，我觉得孕妇应当坚持工作。

现在回忆起来，孕期最大的痛苦，大概也就是孕吐了吧！我这两胎的头三个月，体重都是不增反减的。吐了吃，吃了再吐，人生中难得体会到讨厌进食的感觉。可这比起其他一些妈妈所经历的，实在不足一提了（孕吐试过吃止吐糖，也试过戴止吐腕带，但遗憾的是效果都不佳；我也问过许多在国外生的同事，貌似也没有好的办法，唯有忍而已）。

由于我头胎生了闺女，二胎生了儿子，好多朋友会问我，两胎孕期会有什么不一样的感受。对我个人来说，头胎是人生中的第一次，充斥着各种新鲜感、各种不适应，对于身体和周遭的一切变化，也要敏感得多；到了儿子，自己心态上驾轻就熟了，应对起来也相对轻松。除此之外，我并没有感到两次怀孕有特别多不同的感觉。不过，所有旁观者都认为我怀女儿时的身形走样更严重，而怀儿子时则比较轻盈，这不知道是不是一个小小的可供观察的规律！

💚3 生产之痛

十月怀胎，一朝分娩。对女人来说，鬼门关前走一趟的这件事，我还是有许多话想说的。

头胎时，因为是在老家生的，又兼之待产的医院就是我妈妈的单位，我妈妈工作了三十多年的科室，我们做选择的时候就加了许多主观色彩进去。产前最后一次检查，医生说孩子是枕后位，简言之，就是宝宝在肚子里是面向外侧下巴高高扬起，这种姿势下宝宝是不可能入盆的。不服气的我上网搜了资料，没有数据显示枕后位不能顺产。然而这时我的妈妈语重心长地说了一句：你一定吃不了这个苦。不得不说，天下会心疼孩子的莫过于母亲了。而我的母亲作为一个在妇产科临床工作了三十年的医生，在亲手处理过无数难产的产妇之后，选择让我进行剖腹产。

她的医学经验也许已经老旧需要更新了，可她对我的关爱却是最真切、最由衷的。

于是我便定下来在预产期那天接受手术。进手术室的前一天，我妈妈对我说，别害怕，剖腹产手术现在已经算得上是妇产科临床最简单的一种手术了。

所以，我生我女儿的经历可谓乏善可陈，既没有经历传说中最高级别的疼痛——阵痛，也没有尝到那些别人口中的术后的痛苦。我只记得在手术之前弯腰弓成虾米时那一刹那的恐惧，可那也是转瞬即逝。没有什么我不能忍受的疼，而且那并不是我坚强，是真的不疼。

因此，我对老二的分娩过程态度十分轻松。我以为那也会是一场虚惊。可后来发现，上帝安排人们该吃的苦早晚都会尝到，真是一分都不会少。

由于头胎剖腹产的缘故，二胎时医院坚持也必须实施剖腹产手术。我知道现在医学水平已经发展到像我这种情况完全可以再顺产，可我也理解这是医院为了避免风险的简便之举，并且我也没有那种野心非要挑战和证明什么。对我这种已经有过一次经验的人来说，对剖腹产并没有未知的恐惧感。

由于已经剖腹产过，属于瘢痕妊娠，我的产科医生要求必须38周手术。不得不说我是有点担心孩子发育不够的。对于生育过孩子的母亲来说，我们都特别清楚宝宝在肚子里多长一天的好处。

如果你觉得早点见到宝宝是好事，那绝对是你没有经历过带着先天不足、身体虚、弱特别容易染病的小婴儿看病的痛苦。因此我尽量把手术约在了 38 周的最后一个工作日，那天，是我 34 岁的生日。

手术是一个周五的下午，医生却要求我从头一天晚上 12 点以后就不再进食。于是，这个生日，我饿着肚子，甚至上午在病房还在用电话处理着工作——就这样等待着孩子的到来。

周四晚上我提前住进了特需病房，医院安排我和一位第二天就要出院的产妇妈妈同居一室。那天晚上，我在忐忑中伴着邻床初生宝宝的啼哭声辗转难眠。时间过得特别快，仿佛一眨眼天就亮了。周五上午我无所事事，打了几个工作上的电话，和邻床的月嫂聊了会儿天。好不容易熬到中午，护士来叫我插尿管（备皮是前一天一住院就做完了的）。五年前生女儿的时候，由于手术时间是早晨第一台，八点就进手术室，一早起来插尿管，紧接着就麻醉了，所以并不觉得尿管有多膈应。可这一次，尿管插上后，护士交代我回病床上等候，却并没有告知手术具体时间。我躺在床上，感觉到下身酸胀无比，总觉得哪里在火辣辣地痛。大约坚持了半个小时，我怀着恐惧的心情忍不住咨询了护士台，不会给我插伤了吧？答复我的护士会心一笑直说正常，可能也被我的大惊小怪逗乐了。

其实从刚住院的时候起，我就感到肚子有点隐隐的坠痛感，很类似大姨妈来访的感觉，起初不明显，到周五中午已经间隔 15 分钟一次了。那可能就是传说中的阵痛吧，当时我心里的唯一一个念头是：如果真的发动起来要自己生，我饿了一天一宿可哪里

来的气力哦！最后好在没有影响下午的手术，现在想想，难道这是儿子怕我没体会过阵痛会留有遗憾而特别做的安排吗？

接下来我便一直躺在病床上，一边忍着轻微的阵痛，一边竖起耳朵听着走廊的动静。

下午两点左右（具体时间现在想来竟然已经模糊），我听到似乎有手术室的护工进入了特需病房，在护士台办手续。此时我已经迫不及待了，也不等护工进病房，径直就破门而出奔向护士台。

直到这时候，一直守候在特需病房门外的家属，我的先生，我的父母公婆，才来到我身边。这个片段的记忆是混乱的，好多事件的前后顺序记不真切了，只记得手术室的护工和产科特需病房的护士为了我该不该摘眼镜还争论了一番。

然后我穿着单薄的病号服，被严严实实地掖在厚厚的棉被下面，推往楼上的手术室。

最终我在进手术室前被要求摘下眼镜，家属们被隔离在一道电动门之后。在准备区里，我被要求脱掉所有的衣服，真正赤条条如俎上鱼肉，很有任人宰割之感。但到了这个时候，也就是一闭眼一咬牙的事了。

比起五年前打麻药时的恐慌，这次打麻药似乎都不值一提。把自己弓成虾米状，忍受打针时的酸胀，忍受麻醉劲儿上来时的头晕，这些都似乎驾轻就熟了。真正进入手术后，时间过得非常快，我盯着笼罩在头顶的蓝色盖布，感受着下半身时常传来的推搡感，还时不时听到大夫们三言两语的聊天，人也是越来越放松，越来越坦然。

下午四点左右，我听到接生的大夫们发出一声赞叹：哇，好胖啊！我知道，我的第二个孩子出生了。

这个血淋淋的宝宝被一双手捧到我面前，然后有人问我：看看是男孩还是女孩！

那瞬间一种既想哭又想笑的心情击中了我。片刻后，我听到自己的声音：是男孩。

大夫很好心地让孩子亲了亲我的脸颊，可由于我的晕眩，我压根没看清他的样子。他很快就被抱出了手术室，剩下我独自面对余下的烦琐手续。共居了九个多月的身体，忽然又回到一个人的状态，还真有点不适应呢！可从此以后我就是两个孩子的妈妈了，他们共同分享着我和先生的基因，流淌着一样的血液，想象着他们争先恐后地叫我妈妈的情景，这心情，着实五味杂陈啊。

手术后我还吃了一点苦，二胎剖腹产的术后宫缩比起头胎的疼痛感要强得多，再加上刀口疼痛，镇痛棒简直就像是摆设一般，术后第一夜我整整哀嚎整晚直到天明。据说那是因为我们受过伤的子宫需要更加倍的力量来收缩恢复！那个不眠之夜，再为人母的幸福感和令人绝望的肉体疼痛交织在一起，真值得此生铭记！

在我写这篇文字的当下，我那三个月大的小儿子，正在床铃下玩得不亦乐乎；而我五岁的女儿，此刻想必也正在幼儿园里酣睡着呢吧！我知道我的经历对比一些妈妈来说，实在没什么惊险；作为两个孩子的妈妈，未来我要操虑的、承担的可能还有很多很多难以负载的未知。一直说想记录下一路走来的这一切，我想再不写，也许就真的要被遗忘了。因为当了妈妈以后，真的也就不再在乎那些疼痛、那些眼泪，甚至那些意外的欣喜或庆幸了。谨以此文，祝福我们这些当妈的人，也鼓舞我们打起十万分的精神来，用最温柔的虔诚来做我们儿女的好妈妈。

2016 年 3 月 21 日　北京

母爱如水，随你前行

盛莉莉

💚 一、孕吐，给孕期吐得怕怕的妈妈们

没怀孕之前，我们看到的、听到的都是怀孕是一个女人一生最美丽的时光，可以当皇太后，不光老公心疼、婆婆小心伺候着，要月亮不敢给星星，更是想吃 PIZZA 马上就买回来，到家后又想换牛排，一个字，换。咳咳，如果你真是这样想，你就大错特错了，至少我是走入了这个误区。真不是家人态度不好，实在是两次怀孕都让我备受孕吐的折磨，真的是从第一天起吐到上产床前的那一刻，我没有一丝丝的夸张，现在想来，那段时间也是我减肥最有成效的时光。

孕吐于我，反应很大。别的孕妈妈孕期里吃嘛嘛香，我却是吃啥吐啥。而且我孕期血糖高，蛋糕、巧克力、雪糕，一样都不能有。测血糖前，多吃了两颗葡萄血糖就高了，害得我从怀孕四个月开始，就要每天监测血糖，一周去医院扎一次手指，那个疼啊，到后期都麻木了。就是这样，我都不敢多吃含糖的食物，哪怕是水果，天天与黄瓜、西红柿为伍。想想那可是炎炎夏日啊，

为了宝宝都忍过来了。至于各种止吐的偏方更是尝试了个遍，B5啊，火龙果啊。我的一位同事听说我老吐，特委托她妈妈从密云的山里帮我找到野菜——马齿苋，听说用这种野菜包饺子可以帮助缓解孕吐。可是她们母女的满怀爱心依然没有让我的宝宝停止折腾。怀孕前四个月，我竟然比平时还瘦了10斤，没有一点胃口。以至到后来，吐的全是水，不得不到医院要求打营养液。整整6个小时的营养液输下来，算是止住了吃什么吐什么的状态，但也只是缓解而已。进入孕中期，状态平稳些了，尚未逃脱孕期糖尿病的嫌疑呢，孕期甲亢又匆匆来袭。不过，像我这样全程孕吐的妈妈并不多，所以不必害怕。应对孕吐没有良方，唯有听医生的话，好好休息，定期到医院听营养师讲座，在家尽量吃得营养齐全，吐了再吃，多听听音乐转移下注意力，配合医生的治疗。顺便说一句，孕吐跟生男生女没有很大关系哟。

二、孕早期出血

这是一个有惊无险的故事。怀孕前三个月都被称为孕早期，也是胎儿着床尚未稳定的时期。在我怀孕两个多月的一天，我正在上班，突然发现有一些血迹，作为一个准妈妈，出血了，可不是小事啊。下班以后，我直奔北京妇产医院挂了急诊，值班医生问了问情况，也没做过多检查，就给开了点安胎的药，让拿回去吃。尽管是安胎的药，可是是药三分毒啊，当时我就想，就出这点血，我也没做什么，可能就是走得多了，累的吧。决定第二天视情况而定，要是还出血，就好好住院安胎。于是索性只是当晚吃了药，第二天没见血迹就没吃药。想想我当初也是任性吧，出血都没当回事儿。其实也是够幸运！

真是无巧不成书，竟然二胎时也出现了孕早期出血的状况。

那是在怀孕一个多月时，有一天我猛然发现了血丝。要说头胎第一次出血我还有些惊慌，这次更多的是淡定。我有一个信念就是，妈妈多坚强，宝宝就有多坚强。母体传递给宝宝的不只是供给他生命的营养，这种顽强的意志也在无形中逐渐形成。到了医院，挂了特需，事后证明，根本没必要。为什么呢？因为我这是痔疮引起的，不妨碍胎儿生长。

看着我现在好似轻松地谈起，其实当时心里也曾害怕和担心过。但是我相信，只要孕妈妈本身平时注意运动，身体健康，宝宝多半都是健康的。这就是信念的力量。

✔ 三、记忆中的羊水穿刺

自小以健康宝宝自称的我，从来没有想过怀孕会让我变得如此 LOW；以前连感冒都很少得的我，居然在整个孕期中呈现出这么多的糟点，以至于我都怀疑自己的身体状况。别人看似毫无违和的怀孕状态，照常吃喝，怎么到了我这里，就成了三天两头地跑医院，这个要注意，那个不行的，我怎么会这么不禁风吹雨打呢？或许只能解释为每个人身体不一样，怀孕的情况跟平日里身体状况无本质上的联系。

先从唐氏筛查说起吧。贯穿我整个孕期的是血糖高，很不巧的是，唐筛结果也是风险高。我现在仍然记得拿到唐筛结果那天的情景：因为指标较高，医生建议等着做羊水穿刺后再做最后的确定，因为羊水穿刺的结果更准确一些。听完医生的话，当时我的心"刷"地一下沉到谷底。羊穿是什么？询问医生、朋友，加上百度经验，都没能解开我心中的疑问。为什么我们夫妻双方的家族都没有任何遗传病史，也没听说谁还去做这个手术的，怎么唐筛的结果就是高危呢？当时，我妈妈的态度是，不会有事的，不建议我去做羊穿手术。可是，我是现代科学教育下的新妈妈呀，当然相信科学了，加上医生负责任地告诉我，要相信科学。于是，在怀孕三个多月的时候我决定预约北妇产的羊穿了。比决心手术还糟心的是，结果居然要等一个月才能拿到！因为要培养这个液体一个月，才能得出结果来。期间的种种担心、怀疑，让人寝不安席，妈妈——不是随随便便可以当的。

据说北京当时只有四家医院可以做这个手术：北京大学医学院、协和、北医三院和北京妇产医院。好在我建档就在北妇产，不过，因为慕名前来的病人太多，预约当然是必须的啦。手术那天，站在手术室外面等待时，碰到一个同样前来做羊穿的准妈妈，我们相互鼓励，说着安慰的话，期待手术顺利，期待宝宝健康。羊穿说起来也简单，就是在肚子上打一针，抽吸一针管的羊水，然后加以培养，筛查是否有染色体畸形。比起唐氏筛查，羊水穿刺是排畸的最准确的方法。手术时，当凉凉的针瞬间扎入肚皮，我还来不及思考，医生就已将针管拔出。时间虽然短暂，担心却一点儿不少，因为医生是在 B 超影像下做的手术，我直担心会扎到胎儿，医生和助理还在聊天，还会跟我聊天（这可能是医生为了让病人放松吧）。当然事实证明，这种担心是多余的。

　　一个月后，当我看到羊穿结果，看到盖着医院红章的"一切正常"几个字时，眼泪止不住地流了下来。为了生一个健康的宝宝，当妈妈的受再多苦、遭再多罪也是值得的。

四、更高级的无创 DNA

　　生二宝时，因为准生证没办下来，我们是在私立医院做的检查。医生看到我头胎做了羊穿，二胎就让我做无创 DNA。显然这

个很高级，高级到无创，就是不会伤害你的身体和宝宝，只是简单地抽几管血，拿到专业机构去检验就 OK 了。谁说二胎就轻车熟路，谁说二胎就有经验可以避免很多问题。没错，你肯定没猜错，我花了近三千大洋让人家抽了几管血，用来稳定我不安的内心。谁让我有前例呢，谁让我唐筛总是过不了呢。签协议时，我还是很镇定的，刷卡时，我还是认为很值得的。为了健康的宝宝，当妈妈的做这些都是应该的。何况，这个也没什么风险，不会像羊穿一样，虽然也要等一个月时间才能出结果，但想到抽血不会有流产的风险，心想还是对宝宝好些的。看到这儿，我只能说，各位看官，我家二宝鬼灵精怪的，放心吧。一切检查和手术都是为了我们能有一个健康可爱的宝宝。妈妈如果坚强，宝宝会像你一样勇敢坚强的，即使他们当时还只是胎儿。但那种母爱，传递的是丝丝的真情和坚持。

母爱给你力量，陪你前行。

五、生产，给剖腹产姐妹们的正能量

十月怀胎，一朝生产。

我的头胎剖腹产经历应该算是正能量了。尽管从住院那天开始到上产床前一刻，我还在监测血糖，除了北妇产不让陪床有点孤单外，手术前我一点没见紧张害怕。护士给备皮时，肚子上凉凉的感觉，宝宝在肚子里也动来动去的，似乎知道快要见到妈妈了一样激动。直到插上导尿管，我才真正意识到自己是来生孩子的，而且是马上。紧张感瞬间被新奇所取代。当我爬上传说中的窄窄的手术床，遵医嘱团成虾米状好打麻药时，真的想起了那句话：我为鱼肉，人为刀俎。听说剖腹产要缝 17 层，躺在手术台上的我下身是麻木的，但头脑是清醒的。虽然什么都看不见，但听得清清楚楚。医生们轻松地聊着天，就像家里来了客人，我能感觉到冰凉的手术刀刺开我的身体，一层一层的，感觉至少剖开 3 层，也许更多吧。我也能感觉到手术台左右的两个医生各自使劲拽我的肚皮，还有只手从肚子上往下挤孩子，另一个医生就伸手去子宫里面掏……终于，我的宝宝顺利来到这个世界，她的哭声好稚嫩，护士抱给我看时，我不由自主地流下了眼泪。

　　因为头胎是剖的，所以二胎也要跟着剖。也许你会问，这是什么逻辑？那是因为医院要降低风险，不会冒险让一个头胎剖的妈妈，二胎使劲拼命自己生的。所以，想要二胎的妈妈们可是得想清楚了。由于是二胎是在私立医院建档生产，所以生产环境相对较好。上了手术台，还有柔柔的音乐陪着我，确实让人能放松下来。剖腹的过程跟头胎没什么区别，我清醒地听着医生边手术边交流，感觉到二宝被取出来，没想到最后来了个惊险的"小插曲"：当我二女儿都已经出生了，医生已经开始缝合时，我听着护士们在一遍一遍地数着她们手里的那些生产工具，刀子、钳子、纱布等，1、2、3…24、25、26、27，数了不下四五遍，然后就是她们的窃窃私语。不知道哪里出了问题，然后就有一只大手开始在我的肚子上狂按。要知道，剖的时候，从胃部往下按，就已经让我快出不来气了，现在好不容易生完了，又开始下一轮了，只觉得肚子上沉沉的。终于，她们从下面拉出一条纱布来！是的，终于能对上数了，还好没把我的肚子再割开，在里面找到纱布再重新缝起来。是手术时忘了吗？是我手术时大出血吗？还是必经程序？不知道算不算医疗事故？这可能是我永远不知道的谜了。我只知道这次剖腹产比上次多用了近20分钟的时间。感恩的是，孩子和我都很好，母女平安。术后的我，没有输血，这让我心里多少安慰些。其实这些问题都是事后一年多跟朋友聊天，串起来才想到的，当时哪里顾得上这么多！所以也在此提醒准妈妈们，剖腹产是个大手术，任何一个环节都不能放松，即使你在手术台上，也要保持头脑清醒，尽可能地记下医生和护士之间的对话，留心手术时的每一处细节，说不定会对以后有帮助呢。

最后告诉大家一个小秘密，生了两个宝宝，外表看，只有一道疤噢。

六、后记

大宝，二宝，感恩你们两个小棉袄，如今冬天再也不怕冷了，哈哈。大宝7年前出生在一个大雪纷飞的冬日，7.3斤。二宝刚刚过了 2 岁生日，可能孕时吐得太凶了，出生时才 6 斤。现在两个小天使都健健康康，活泼可爱。此文写在小宝生日之际，也谨以此文祝宝贝生日快乐，两个宝宝幸福快乐地成长！

2016 年 3 月 18 日于北京

第三篇

水银灯下，母爱如山

姗姗来迟的宝贝

张 芳

稍稍坎坷的经历

说起怀孕的历史，真的是满满的辛酸泪。

我和掌柜的 2005 年年底登记结婚，2006 年年中刚发现怀孕有两天，结果因为被家里人传染上了感冒，让我这十多年都不会生病的铁人倒下了，发起了三天的高烧，吃上了抗生素。虽然是相识的医生斟酌再三给开的药，没有什么问题，可是高烧三天让我们难以确定宝宝的健康程度了，于是准备流产。刚正式做了检查，准备手术，才发现自己的血液有问题，血小板数值极低，也就是正常最低值的五分之一。中日医院的医生不敢接收我的手术，建议我去血液科治疗。住了一周的院，输了血小板、免疫球蛋白，对我都没什么效果。最后，医生给我开了强的松，小小的药片却有着无比强大的功能，让我迅速地把血小板升了上来，医生才敢给我做了手术。等做手术的时候，胎儿已经三个月了，已经成形，当看到药流之后的物体，第一次有了撕心裂肺的痛。

之后，经历了公公长达近两年的手术住院、恢复期，小家的情况也趋于稳定，我终于在 2008 年又一次有孕。期间血糖升高，被确诊为妊娠期糖尿病。我一直觉得是 2006 年吃强的松激素的缘故，使我的内分泌发生了紊乱，导致了妊娠期糖尿病。孕期最后两个月的时候我还用上了胰岛素，家里成套的糖尿病人的装备。每天都测空腹、餐后血糖，记得每天都要往自己身上扎 9 针。胰岛素不敢往自己的肚子上扎，就往腿上扎，双腿基本无法让人直视了，本来凝血就差的我，双腿满满的青紫的针眼。终于熬到了预产期，2006 年给我开抗生素的那位医生是我的主治医生，他是个很负责、很保守的稳健型医生，根据我的血小板减少的状况，决定为我剖宫产手术。因为我的血液情况，怕孩子也会有这个遗传因素，如果顺产的话，经过产道挤压，加之宫内、宫外的压差，担心会引起孩子颅内出血。然后也是几经斟酌跟麻醉师制订了麻醉方案：全麻。开始我还不懂得全麻的意思，后来才知道，就是在肚皮上点一点点麻药，就剖宫，把孩子取出来之后，再静脉点滴麻醉剂。于是，我就有了一般产妇都没有过的生生剖宫，疼得喊救命，差点就挺不过去了之后，才点麻醉的惨痛剖宫产经历。感觉就像是做了一个很疼很疼的梦，梦醒了，才意识到自己是在手术台上。

　　如此疼痛之后得来的宝贝陪着我们全家度过了十四个月的欢乐时光。这个孩子遗传了我的血液问题，血小板减少，只要一有磕碰，大大的脑门上就会有青紫的痕迹，每每看到，都很心疼。欢乐的时光定格在了 2010 年的 5 月 1 日，阳光明媚的中午，一场交通意外夺去了宝贝的小生命。痛失爱子的毁灭性打击让我们的家庭险些无法承受，白天安慰脆弱的老人，晚上我和老公相拥而泣。相识相知十几年的我俩，在众多关爱我们的朋友的帮助下，终于走出了这场突如其来的狂风暴雨。

2011 年年底再次发现有孕，以为是新生活的开始。在胎儿 50 多天的时候还是没有看到胎心、胎芽。正巧计划春节和掌柜的一起去美帝旅游的，我留守在家，等新年过了掌柜的从美帝回来，去美中宜和仔细地做了 B 超，结果依然是无胎心、胎芽。又是紧急联系医生，马上住院处理。这时胎儿又是三个月了。入院服了药，等待药效。由于之前剖宫产时并没有宫缩迹象，服药之后宫缩也不强烈，却疼得厉害。疼痛一阵阵袭来，我不由得抱着掌柜的哭诉：咱们不要孩子了好吗，不要了。

三次有孕，却没有给我们留下一个宝贝，这是多么无奈的生活！一次次惨痛的失去，在我们的心里留下了一个只有新生命才会促进愈合的伤口。

💗 我和摩卡的合体岁月

中药调理备孕

2013 年 2 月中旬，掌柜的接到一个好友的电话，说自家媳妇怀孕三个月了，是在中医院的华苓主任那里调理成功的，在孕期满 3 个月的时候，就马上给掌柜的打电话，建议我们俩去华大夫那里也瞧瞧。非常感谢智敏和春燕的热心，于是，相约在中医院门口碰面，由春燕姐带我去找大夫加号（号很难挂，除非熟人介绍才有可能）。竟然我们两家连车都不约而同地停在了一起，结果都被罚了 200 块，哈哈！在春燕姐成功案例的介绍之下，我于 2013 年 2 月 25 日开始了中药调理。每周一雷打不动的医院之约，每天的中药汤，陪伴了我七个月的时间。

初 知 有 孕

2013 年 6 月中旬接到通知，27 号要到桂林参加培训。首先要确定的是自己的身体状况能够应对长途跋涉。

从 6 月 11 号开始，我发现我的基础体温开始升高，到了 16 号已经攀升到了 36.9 度，是史无前例的高。我本身的基础体温一般是比较低的。周五下午去婆婆那里吃饭，路上顺便买了两盒试纸。周六早上，测试了一下，开始没啥异样，过了一会仔细辨别才能看到，除了对照线之外，还有一条很浅很浅的粉红色的微弱的线。难道是疑似怀孕？周六掌柜的下午要去西安出差，我忍住了没告诉他。

周日早上我又测了一下，还是有一条浅浅的线。周一又要去华苓大夫那里，抽血化验，但周三才能出结果。就这样自己忐忑了两三天的时间。周三去取结果，一看 hcg 超出一般正常值，得了，取消行程，向领导请假吧。

由于有过 2012 年的一次不成功的经历，还不知道这次会不会成功呢，虽然能够确定是怀孕，可是，不想在刚开始就告知他人，除了要向领导请假，只能如实讲述以外，连掌柜的我都不想先通知的，他实在是个藏不住事情的人啊，尤其是对于这种情况，更是会迫不及待地昭告天下的。于是，我取消了车票，告知他，是因为工作任务紧张，培训暂缓进行。好拙劣的借口啊！掌柜的从西安回来，经过他的威逼利诱，我没办法承认了初期怀孕的事实，并且千叮万嘱，一定要保密，一定要保密。而且这次的预产期竟然跟上一个宝宝的预产期是同一天，说不出的神奇，真的是跟我们的缘分降临了。

转 战 协 和

中医院的检查，说是我的甲状腺素指标有一项高，tsh 值是3.2，按照一般人的标准是没问题的，可是对于孕妇而言，就有点偏高，国际标准是需要控制在 2.5 以下的。基本断定亚临床甲减，赶紧电话咨询在援疆的发小医生，说让我赶紧吃上优甲乐。网上

一查，也有不少孕妇有这种情况出现，药物也没啥太大的副作用。于是，在没去协和找内分泌的专家之前，我就先行用药了。后来去了协和之后（没能挂上专家号，找了位主治医师，不过还好，协和的技术力量还是蛮强的啊），医生说，其实不用药也可以。但是发小的叮咛始终在心头：甲减容易引起孩子呆小症，还是用药控制吧。于是，开始了每天的药片战争。

联系协和的普通床位是个极其艰难的工作。我找了个朋友，掌柜的说也有关系，后来说他那边的朋友比较有资源，我就放弃了自己这边的信息。以至于后来那个所谓的基本外科的主任连个回话都没有，眼看孕周越来越大，我们就自己去了国际部打探了。没曾想，还竟然挂上了号。

第 一 次 Ｂ 超

一直没有告诉双方父母这个消息，是不想让他们跟我们一样承担患得患失的压力。2012 年的失败一直在心头是个挥之不去的阴影。于是，在逐渐增强的孕期反应中，到了 7 月 23 日，8W 的日子。B 超结果显示，孕囊、胎心、胎芽都可见，拿到 B 超结果的那一刻，我真的是泪流满面，终于能够开始正常孕育一个神奇的小生命了。对于我们这个经历过风雨的家庭，这个小生命来得是多么不容易，多么让人欣喜啊！

这时，我俩才拿起电话通知了双方的父母，邀请我妈来京照顾我，才开始了三个月的饭来张口、衣来伸手的懒孕妇生活。

每次去协和我都是三个科室同时挂号：产科、血液科、内分泌科。为了省点钱，后两个科室我都是挂的普通门诊专家号，于是要在整个门诊楼里穿梭来去。还好，血液科的老专家给我开了一堆的化验单，也没发现什么特殊的情况，可血小板就是低，专家倒是很镇定，说没事，就等手术时进行干预就好了。于是，告别了血液科，只在内分泌科和产科间奔走了。

唐筛、羊穿、DNA

2013年是我的本命年，36岁的高龄怀孕，尤其还有这样那样的问题，本来16周左右是要做唐筛的，医生说，36岁了，应该直接羊水穿刺了。可是，我的身体又比较特殊，血小板低，还是不要冒这个险了，直接做个无创DNA吧，没有创口，会更安全一些。于是，去了家私立医院做了静脉抽血的DNA检查。中间还出现了一次血样不合格的幺蛾子事，还把我弄得有点小紧张了一下。

还好，结果是低危。280天的征程又闯过了一关。

关 于 起 名

小宝在肚子里一天天长大，如何称呼他跟他交流的问题摆在了面前。我有个关系不错的作者朋友胖星儿，她称呼她老公为小钻，给儿子起小名就叫克拉。后来怀了女儿，因为胖星儿特别喜欢喝可乐，就叫女儿为可乐。于是，掌柜的启发我，平常我称呼他为什么。老公当时在典当公司工作，一般我都称他为掌柜的，孩子总不能叫小二吧？我爱喝茶，总不能叫什么龙井、毛尖吧？掌柜的算是能喝点咖啡的人，叫摩卡、拿铁？摩卡还算是个可以叫出来的小名吧。于是，娃的小名暂定为摩卡了，也就此成为了娃的网名。

多做了两次的排畸 B 超

一般是到 20 周做排畸筛查 B 超的，我却做了三次。第一次是看不到口唇和心脏血流，摩卡这个家伙总是用手掩着口鼻，好不容易拿开了小手，马上又掩上了。第二次还是口唇部位看不清，只有来了第三次 B 超，才算看清了。不过，虽然一次次看不清，我心里还真的没有太担心，因为掌柜的和我都没有什么不良的生活习惯，不吸烟，不喝酒，不泡夜店，应该不会有问题的。

周围有朋友去私立医院做了四维彩超，顺便问了是男宝女宝。协和的 B 超医生是严守规章，不给讲的。本来就已经多照了两次 B 超了，实在不想再给小宝更多的照射了，而且，无论男宝女宝，只要健健康康，就是我心里最大的心愿了。于是，我放弃了所谓的四维彩超，放弃了提前知晓摩卡的性别，静待他的到来。

糖 耐 量 筛 查

以前曾经有过不良的血糖记录，曾经有过一天往自己身上扎9 个眼的惨痛经历，所以，血糖一直是我心头悬着的那把剑。自那时起，我就不敢多吃含糖量高的食物，糖果也是一概不碰了。这次 24 周左右，要开始测 50g 糖耐量了。忐忑中，12 月 10 日拿到了血糖的结果，上限是 7.8，我的结果竟然是 6.4，心头的大石终于落下了，比我拿到 DNA 的结果还让我高兴不已。中午和掌柜的好好吃了一顿大餐，惠食佳，两只好大的富贵虾，让我大快朵颐了一番。

又过了一关。

血糖不高了，尿酸上来了

元旦前老妈来京探望，看我情况如何。本来是要待一周的，结果掌柜的说要出差，老妈就多留了一周。正巧，1 月 4 日周六晚上，突然脚拇指关节处开始红肿，疼痛得无法行走。鉴于公公和老爸都有过痛风的经历，掌柜的断定，极有可能是痛风急性发作。电话发小，说让我赶紧去查一下血尿酸，看是不是痛风，还是拇囊炎。去煤炭医院查了血尿酸，发现还真是不太低啊。2012 年 9 月单位体检，血尿酸值是 318，孕中 8 月份查的是 320，发作期是 333，都不是低值。

这下可好，血糖不高了，尿酸上来了，成为掌柜的取笑我的把柄：第一次听说孕妇有痛风发作的。呜呜，我也不想的啊！也不能用药，只能饮食控制，多喝水，多代谢，忍过发作期了。

还好，不像糖尿病，需要扎针那么痛苦，饮食控制就好了，真心比血糖高舒服多了。不过，事后回想起来仍然是心有余悸的啊！

最 后 的 产 检

1 月 28 日，蛇年的最后一次产检，医生建议 38 周左右剖腹产，直接浇灭了掌柜的想让我自然分娩的幻想。距离摩卡小朋友与我们见面的日子也越来越近了。

满 9 个月之后的常规产检是一周一次了，中间隔了个春节，医生也需要休息的啊，于是，2 月 4 日的检查跳过。

2 月 11 日是分娩之前的最后一次产检。医生直接就问，选择哪天入院。经过商讨，2 月 17 日入院，20 号剖腹产。

听到这个消息，掌柜的很是兴奋不已，终于快要见到小宝了，终于要升级当爸爸了！可是为什么我听到之后，心里反而没有这么兴奋呢？是对生产过程的恐惧，是对马上要面对的教养问题的思虑，还是对即将到来的新生活的惶恐呢？处女座的我，总是会想到一些别人在当下不愿去思考的问题，说白了，其实是一种庸人自扰吧。

见 红 前 兆

14 号是情人节，也是元宵节。一直想着要把小宝的用品自己清理一下，于是早晨清洗了一下奶瓶等小宝用品，到中午发现开始有了点见红前兆，有了咖啡色的分泌物。吓得我再不敢乱动了，电话咨询了相熟的中日医院的医生，说让我密切注意胎动、宫缩，若有更进一步的发展，就要去急诊了。

感谢协和医生——惊心动魄的夜间急诊

一 个 吻 引 发 的 宫 缩

16 号下午掌柜的去南站接上了我妈，晚上查缺补漏，整理好了待产包，放在客厅准备早晨起来就奔医院了。晚上我说之后就是三人世界了，这是最后一天就我们两人躺在这张床上了，特意要求掌柜的跟宝宝讲两句话。摩卡小朋友听到爸爸的声音就在里面游来游去，最后爸爸亲了我的肚皮一下，我竟然感到宝宝弹跳了一下，把我给吓了一跳呢。

躺下之后肚子就开始一阵阵疼了，心想反正白天就去住院了，忍一下吧。突然觉得下面有一股控制不住的液体出来了，像是来例假的无法控制的感觉。我就想会不会是破水了，去卫生间一看，是无色的液体，接着又有一两次水涌出。感谢现在的网络信息，自己意识到情况有点不一般，见红我没害怕，破水我知道需要去医院了。就很淡定地碰了碰刚刚睡下的老公，他已经睡了一觉了，朦胧中问我是不是到了6点该去医院了。我说才12点，咱们赶紧去急诊吧，我觉得是破水了。于是召集了老妈，没跟遇事容易着急上火的公婆说，拿上待产包，急奔协和。

遇到的接诊大夫是协和名人章蓉娅。我是她的粉丝呢，还曾经在微博上跟章医生咨询，结果没想到接诊我的就是她，章医生也说这是缘分！

血小板告急

到了急诊已是凌晨1：00，就被要求躺在了床上，虽然已经开始宫缩，可是我生产的条件还不具备：血小板低，需要配型，毕竟我的剖宫产手术是安排在2月20号的，手术室也没有准备，而周一凌晨协和没有现成的血小板可用，要到中心血库现找。于是，用硫酸镁压制宫缩，以防产程过快。一边摩卡小朋友迫不及待要来临，一边大夫不让太快，要等配备完成。矛盾啊！

早晨 5 点多来了份 B 型阳性血小板，输入之后紧急查血常规，7：00 推我进了手术室。我强忍着宫缩疼上了手术台，却被告知还不能手术，要等继续输血小板。输完之后继续查，达标之后才能手术，于是又从手术台上给赶下来了。疼痛中等待再次配血，再次输液，再次检查。期间在我身上建立了 4 条输液通道，双手、脚部都是管线。每次血压仪一工作，压得手上的通道就涌出来一股血，我问护士，是否可以把血压仪关掉，实在是太疼了，被拒绝。一边宫缩一次强似一次，一边血压仪的压力不堪忍受，手脚还不能乱动，我就这样在煎熬中等了两个多小时。

终于到了 10 点多说是指标可以手术了，于是再次上了手术台。

到了手术台上，麻醉师还没有确定我的麻醉方案。有两种：一种是普通的硬膜外麻醉，即我们常说的腰麻，可是对于血小板减少症的我而言有瘫痪的风险；第二种是全麻，可是对于经历过一次外院剖宫产的我而言，协和的主刀医生并不了解上一位医生的手术风格和手法，要求医生务必要在 7 分钟之内把孩子取出来之后，才能给我全麻，这对协和主刀提出了特别高的要求。清醒的我一直听着，不由得想起了上一次的那种被生生剖开的痛。真的还要再经历一次生剖的痛苦吗？

最后麻醉师还是选择了第一种方案，可以让我不再忍受不打麻药剖开的 7 分钟。就这样打上了腰麻，从脚部开始到腰部慢慢麻痹了起来，但意识却很清醒，都能听到大夫们在讨论我的情况进展：曾经的创口粘连很严重，给手术造成的难度很大，然后主刀医生一直在感叹幸好选择了腰麻方案，否则根本 7 分钟搞不定，我和小宝都有危险。再听下去，说我竟然胎盘早剥，子宫里

有了血性羊水，再次感叹第一种麻醉方案的正确与明智，否则大人孩子风险更大……听得我也是胆战心惊的，后怕不已。

小宝取出来之后，听到他的哭声的我还来不及感受幸福，就又听到接孩子的大夫接连感叹，这孩子的口腔里全是血性羊水，呛出来好多，幸好及时剖出，否则真的结果难料。

医生的一句句感叹像一记记重槌敲打着我的心，躺在手术台上的我心里有种说不出的感受，我们都命悬一线啊！接着开始处理我的问题了。更是个麻烦事：胎盘早剥本来就容易引起大出血，加之我血小板太低，凝血不住，主刀的戚大夫说在台上还真没见过这么多血喷山来，从来没有险些下不来台的。还说这次只能这么处理伤口了，也可能出血太多愈合不好，有再次麻醉再次缝合的可能。胎盘早剥和血小板低导致我术中出血 800～900mL。医生说，你以后千万不要怀孕了，实在太危险了。

手术期间清醒的意识让我知道，自己的生命是那么脆弱地在鬼门关走了一圈回到了人间。当然还有我的小宝，幸好在见红破水宫缩阵痛的时刻，我和掌柜的当机立断去了急诊，否则这个后果我们都不敢想的啊。

回到人间之后，我哭着、痛着回到了病房，电梯里，医生还说，看血止得怎么样，如果止血不好或者愈合不好，还要重新剖开重新缝合。虽然当时我麻药还没过，有点神智不清，却也被这句话吓得心神不安了。

掌柜的在一旁不住地抽泣，紧握着我的手，我们又一次战胜了生离死别。

主刀的戚大夫和麻醉的阮大夫都分别好几次到病房探望，嘱咐我术后注意事项。

真心感谢协和医院的大夫们，以精湛的医术，以敢于承担风险的精神果断做出判断，将我挽救于危急时刻。现在回想起当时的十万火急，仍然心有余悸。

术后对小宝进行监控，说他母亲血小板低，担心对他有影响，而且他血色素低，需要进 ICU，我出院之前就无法跟我们见面了。掌柜的坚决不同意将小宝送 ICU，说后果我们自负。后来的事实证明，他的决定是正确的，小宝的血小板升到了 25.6W，血色素也回归到了正常值。血色素开始低估计是由于我失血过多造成的，因为我是他血红蛋白的来源啊。

如果我的凝血一直不好，血色素一直下降的话，我也需要进 ICU 监护了。大夫特意找了掌柜的，说有一种很昂贵的药凝血效果很好，但是有 20% 的导致血栓的风险，三支药 22000，要不要用。掌柜的选择了使用。最后证明，止血效果很好。我在手术室的时间，在病房里不停输各种液的时候，他都在做选择题。

据后来家人讲，当时小宝从手术室出来回到病房，爷爷好开心，得知是个男宝，更是开心得老泪纵横：终于可以续写家谱了！再听下来说我在手术室很危急，全家都开始提心吊胆。掌柜的从我 7：00 进了手术室，就一直站在门口，直到下午一点半我被推

出来。妈妈、婆婆都不住地抹眼泪。

台上的我从医生口中得知自己的凶险状况，外面的亲人从医生的告知中为我提心吊胆。本来我是杨剑秋医生的病人，但当天她有门诊，无法为我手术，跟掌柜的两次说抱歉，特意指定了威志玮医生为我主刀。术后，杨大夫几次到病房看望询问我的恢复状况。威大夫、麻醉的阮大夫也轮流看望我这个让她们都心有余悸的病人。

真的很庆幸选择了协和，有各个科室之间的密切配合，有一呼即到的专家掌控会诊，真正体会到了《只有医生知道》里讲到的一线、二线、三线请示的制度。如果我在别的医院，后果真的无法想象。

经历了生死难料的痛苦，还有术后宫缩痛、伤口痛、彻夜难眠的偏头痛、奶水涨的痛，基本都是在跟各种疼痛做斗争了。术后下地活动也是被护士们给逼的，非要我自己去洗手间撒尿，否则不向我伸出援助之手，我竟然真的在她们的逼迫和鼓励下，下地走动并如期排气，实现了正常恢复。

挂了三天的各种水液，终于在原本预约的 20 号手术日出了院，回到了家，经历了疼痛失眠 3 天的我才算踏实迷糊了两个小时，醒来之后顿时不知自己在哪里，在做什么了。极度疼痛之后的放松让我更感疲劳，浑身没劲，四肢无力，经历了比较漫长的休息恢复期才缓过劲儿来。

两年后的今天，我重新提笔补充修改整整两年前躺在病床上用手机一个字一个字写出来的这篇文章，娃刚刚过了两岁的生日，现在的臭小子基本可以像个大孩子一样跟我们沟通和交流了，为了拿到手机玩一会，已经学会骗我们说：宝宝给爸爸；为了跟下班回家的妈妈玩一会，会跟奶奶说：奶奶吃饭吧！如果我们之间说话的声音有点大，会很气愤地说：不要妈妈，不要妈妈！

　　结婚到现在，整整十年过去了。十年间，我们俩并肩走过了太多的风雨，承担了大多数同龄人所没有经历过的责任和压力，体会到太多的酸甜苦辣。看到一天一个变化的小宝，做母亲所经历的一切虽然让人无法过多回味，都不算什么了，陪伴他快乐成长，珍惜我现有的幸福生活，才是历经坎坷后的最佳选择。

七月的北极星

张晓燕

　　一直想写点经验之类的，可是带宝宝没有时间，终于找了个时间想写点东西，可是又不知道从何写起，那么就从开始的开始写起吧。

好孕篇

　　其实想写得轻松一点，可是如果你看过我的孕育宝宝的经历，你可能笑不出来，因为的确太不容易了，吃了很多苦，流了很多泪，但就是这样坚持着，我终于迎来了我的天使。如果你也在经历煎熬，那么坚定信心，宝宝一定会来的！

　　关于怀孕，可以说，我是完全依靠自学从一窍不通一步步升级到了专家级别的！结婚以后，一直忙于工作，也自觉不够成熟，不敢要宝宝承担更多的责任，无奈年龄不小且众人期盼，于是开始了要宝宝的历程。

　　和很多人一样，一直以为怀孕生孩子是件很容易的事情，只要不带 tt，什么时候都能中奖。于是乎，我们从 2006 年 9 月开始试孕，打算 10 月中奖，2007 年生个 8 月的宝宝。结果，第一个月以失败告终，要知道，那个时候我们连什么叫排卵都不知道。

在亲朋好友的强烈鄙视下，我们开始了恶补，买了 N 本书（从怀孕一直到育儿，详细到每个阶段一本书），买了 N 盒叶酸（足够吃半年的，而且是一次 2 片），看了 N 个网站，终于在 10 月份进入状态，同时为了防止懒病再犯，专门开博，记录试孕历程。结果，由于种种原因，试孕了 5 个月之后，在 2007 年 1 月，才终于捉到了小土猪的尾巴，升级为准妈妈！

回头想想那半年，真是很不容易呢，主要是心理压力有时候挺大的，总是放松不下来。不过仔细想想，和其他为宝宝努力的未准妈妈们相比，我算是个比较懒的人啦，什么方法也没用。

体温计——买了，用了两天放弃；

好孕食谱——除了有个月感冒不敢吃药喝了几天红糖姜汤外，什么特别的东东都没吃；

叶酸、维生素等——试孕第 1 个月吃了几天叶酸后，就懒得吃了，维生素、钙片买了之后就没吃；

体检——试孕前去医院检查，只做了普通的妇检，医生一句话"非常健康"就把我打发走了；

唯一能坚持下来的，就是用试纸测试了，而且坚持每天记录，终于在未准 N 个月后，找到了自己的排卵规律。

至于心得嘛，跟其他好孕的 mm 们一样，放松是最重要的，我前几个月太在意这事了，整天泡在播种网上看帖子，搞得自己有些心情紧张。放松之外，别忘了制造些浪漫的气氛，比如两人出外小游一下啦，纯粹休息放松即可，这是其一。

第二，要非常了解自己的排卵日，而且要集中 aa，过后就不要 aa 了，以防动作太大，影响受精卵宝宝着床。

第三，要有个温暖的体内外环境，自认为三亚是个很好的疗养地，尽管我又潜水又爬山的，都没有影响排卵的如期到来，而且还中了大奖。所以对某个非专家的话已经开始相信了，即冬天卵子、精子活跃度不如其他气温较高的季节高，不知道这个说法准确与否，姑且算个心得吧。

如果你以为从此之后我就过上幸福快乐的日子了，那你就错了，我的痛苦历程才刚刚开始。

我怀孕的第一个月正是春节前，单位工作忙忙碌碌，而且应酬也不少，还搬了几大箱子单位发的净菜，于是在怀孕第 30 天，出现了褐色分泌物，后来是暗黑色的血迹，但是不多。持续一周之后去北大第一医院妇产儿童医院检查，挂了特需专家号 100 元，是章小维大夫给看的，初步检查确定为"先兆流产"。之后做了 B 超，测了 HCG，还好一切正常，医生给开了复合维生素"爱乐维"，还有同仁堂的中成药，三周之后，出血终于止住了。

这期间我一直坚持上班，只是去医院检查请了几次假，因为太忙了，而且单位马上还要搬家。不仅如此，在怀孕第 9 周，我还被派去广州出差，坐飞机从北京到广州，那时整个身体状态也不太好，已经开始恶心了，吃不下东西，而且一吃不对劲就会闹肚子，结果又出现了褐色分泌物，不过最后顺利完成工作任务，宝宝也一切正常。满三个月之后反应就小很多了，不过还是不喜欢吃肉，胃总是发胀，但也不能饿到，否则那更难受，像蚂蚁钻心一样。

之后的几个月一直忙于工作，每天我都是累得回家倒头就睡，还好产检宝宝一切正常。可是没想到在怀孕 5 个多月的时候，在一次乘坐动车出差之后，回来做排畸 B 超时发现，宝宝的胎心没了！而出差之前还听着胎心一切正常呢！那天的产检是老公陪我一起去的，我俩满心欢喜，以为能够看到肚里宝宝小身体的照片，结果没想到得到的却是失去宝宝的噩耗！在回家收拾住院衣物的路上，我和老公不由得抱头痛哭！

可是没有办法，生活还要继续，于是我住进医院进行引产手术。说是引产，其实就是医生用药物促进宫缩，使宝宝能够完整地离开子宫，好让我把宝宝生下来。那个痛苦的日子，今生难忘！由于不是宝宝足月自然分娩，宝宝很不容易生下来，身体和心里的痛苦当时已经到了承受的极限。但是整个过程我都没有哭！经历了一上午的阵痛，开了三指之后，我生下了我们期待很久的宝宝，而这个宝宝没有呼吸、没有心跳，永远的离开了我们！医生最终鉴定为脐带扭转导致宝宝缺氧窒息而亡，原因不明。由于引产后胎盘没有清理干净，医生又给我做了清宫手术，是全麻，我昏睡了过去，一觉醒来发现已经在病房，我把头深深地埋在了被子里，狠狠地哭了很久……

出院之后，我请产假回家坐了小月子，休息了一个月，可是怀里却没有宝宝，而且永远失去了宝宝。那时是 7 月，天气很闷，

但不能开空调，我的心情也一直在谷底，几乎每天都会哭一次，为宝宝的小生命而惋惜，为自己的不在意而懊悔，为宝宝和我们的缘分太浅而悲伤。

一个月后，该上班了，我重整心情，一心工作，算是逃避，也是寄托。工作之余，我把好好恢复身体作为了生活最重要的目标，因为，我还要生一个宝宝！

在失去宝宝 5 个月后，2007 年 11 月，我和老公开始了再一次的试孕。这次还是提前去医院检查，中医、西医都说没问题，于是开始坚持每天监测排卵和体温。在排卵试纸呈阳性和体温上升 0.5 度的时候隔天 aa。在排卵第 8 天的时候，也就是月经第 22 天，排卵试纸上出现了非常浅的水印，在排卵第 15 天的时候，也就是月经第 29 天，排卵和早早孕都很快就显现了阳！真没想到第一个月就怀孕了！宝宝又来了！那时的心情，别提多高兴了！

随后我马上到医院检查确定好消息，之后医生给开了保胎用的"达芙通"，而且还给我戴上了"高危妊娠"的帽子，因为曾经有过中期引产，且很有可能要做羊水穿刺。

这次怀孕之后也是没有吐过，只会觉得恶心，不过鼻炎很严重。有了上次的惨痛经历，这次再也不敢掉以轻心了，每个月都去做 B 超，监测宝宝是否健康；一切外出活动坚决不参加；天天测体温以探知宝宝是否健康（一般持续高温在 36.6 度以上，宝宝的发育就是正常的）。怀孕 12 周做检查时，医生听到了宝宝的胎心，之后我买了胎心仪，自己在家里每天检测宝宝的胎心。每天听着宝宝那有力的心跳声，感觉心里格外踏实。

之后的日子一切顺利，只是上火一直困扰着我，有几天早晨有少量鼻血，后来慢慢发展为右下智齿红肿疼痛，严重的时候疼得连头都一起疼了，于是又挺着肚子去看牙医。

关于羊穿，我和老公考虑了很久，决定不做。之后的排畸 B 超一切正常，只是做糖尿病筛查时，第一次的数值没过，但是我坚信自己没有糖尿病！

每次产检，宝宝一切正常，我也每天都听胎心数胎动，确保宝宝一切都好。可就这样，意想不到的事情还是发生了……

2008 年 5 月 12 日上午，那时我怀孕 26 周，去医院做 B 超检查，宝宝一切正常，却发现宫颈管缩短到 1.46cm，正常是 3.1cm 以上；内口开大 1.63cm，正常应该是闭合的，这意味着有流产的可能，所以急诊住院了。

一住院，就打上吊瓶了，药的名字是"硫酸镁"，控制宫缩用的，因为医生说我宫缩较多，不过我没什么感觉。这个药会让人浑身发热，就像发高烧一样。

为了防止宫颈管更加缩短，内口开得更大，医生要求我吃喝拉撒都在床上，还说要做个手术把宫颈管给扎起来。医生说这个毛病叫"宫颈机能不全"，具体什么原因造成的很难说，我和老公都认为这跟失去上个宝宝之后的引产有关系。

住院的第 3 天上午 9 点多，准备进行宫颈管环扎手术。几个护士把我架上了手术推车，从病房里推到手术室外面等着，因为没戴眼镜，也不让乱动，所以我什么都看不清。闲着没事的时候我问护士这个手术是不是大手术，护士说："不算大，跟剖腹产差不多。"被晒了很长时间后，大概 10 点多，我终于被推到了手术台上。先是打麻药，我弓着背，让自己蜷缩成大虾米状，生怕会压到宝宝。很快，我的下肢就没感觉了。同时，所有仪器也开始进行监测，好像有心电图、血压仪之类的，还插了导尿管。手术开始了，只感觉下面有拉扯的感觉，其他还好。不到半个小时，手术就做完了。麻醉的感觉直到晚上 6、7 点才消失，期间只能平躺，不能吃喝，饿得我胃里直反酸水，终于在晚上 7 点多可以吃东西了，可是心电图、血压仪还在监控，只能躺着吃点流食。

　　手术后第 2 天吊瓶换了新药，叫"安保"。这个药不会让人有发烧的感觉，但是会让人心跳加速，心率总在 120 左右，也很难受，还加上了抗生素。我担心用这么多药对宝宝有影响，可是医生说这点影响可以忽略不计，治疗才是最重要的。中午被推去做了个 B 超，手术很成功，宫颈管 3.0cm，内口闭合了！

　　导尿管一直插着，虽然很别扭，但是不用起来上厕所，居然适应了。主管医生查房，说手术成功后主要任务是防止感染和控制宫缩，但是出院的日期还不能确定，好在导尿管总算给拔掉了。

　　手术后的第 2 周，医生终于发话我差不多可以出院了，但是之前要做 B 超确认一下，回家之后需要卧床保胎至少一个月，尽量少活动，直到 37 周足月拆线。5 月 30 日，在住院 3 周之后，我的宫颈管长度为 2.82cm，内口闭合，终于胜利出院了！

之后我遵医嘱一直在家卧床休息，定期去医院产检，顺利保胎到足月，期间 B 超发现宝宝脐带绕颈 2 周，这个消息真是把所有人都吓坏了，不过好在最终宝宝安然无恙。卧床的两个多月里，一切正常，只是我的耻骨那里好疼，起身走路的时候尤其疼，可谓一步一煎熬。

怀孕 38 周，我住院去拆线了，可是没打麻药，真疼！

2008 年 7 月 31 日，中午做完 B 超，医生就决定让我生了，原因是羊水偏少，宝宝也不脐带绕颈了，可是这么快就让生，我还真没有心理准备呢，赶快给孩子爸打了个电话，让他赶紧过来，宝宝要出生了。

下午 1 点多，备皮完后，我吃了几口饭，护士给清肠，其实就是用开塞露清理一下，以防生宝宝的时候下面稀里哗啦、一塌糊涂的。带了瓶水和手机，还有我的电子书，跟宝宝姥爷叮嘱了几句，跟病房的战友们胜利告别之后，我就雄赳赳气昂昂地跨进产房了。

进产房后护士先给我进行人工破水，只觉下面一股热流出来，羊水哗啦一下就出来好多，护士说，羊水很好，很清澈，然后就带我去了待产室，我一面走，羊水一面流，真担心都流没了。

待产室里面有两位妈妈正在努力，一个在做深呼吸，一个在做胎心监护，医生让我在床上躺着，可是我躺了一会儿就觉得肚子疼了，像是痛经那种，过了半个多小时越来越疼，而且越来越密集，实在忍受不住了，就叫医生过来，一看已经开3指了，医生说很好，等到有排便的感觉时就叫她们，那时就可以上产床了！

过了1个多小时，有位妈妈已经开9指了，被带了出去。隔壁就是产房，只听喊叫声此起彼伏，有的只有喘息声和痛苦地呻吟，声音最大的是接产医生，一声声的"很好、用力、快了"鼓励着妈妈们。

15点多，最先进产房的妈妈已经抱着刚出生的女儿被推出来了，很幸福、很兴奋地传授着经验。我那时已经疼得上蹿下跳，实在没精力听了，问了医生可否上"无痛"，医生说可以，需要去产房打针，但是当天生孩子的太多了，没有产床，我只好无奈地忍痛等着、捱着。

16点多，我已经有排便的感觉了，医生过来看了看，说已经开了8指了，可以上产床了。本以为上了产床就可以用"无痛"，然后就能生了，没想到医生说这会儿再上"无痛"，可能药效还没发挥出来，孩子就已经生了，等于白挨了一针。唉，还得忍痛啊。

17点多，好几个医生来到产房，检查说开10指了，可以生了。一想到宝宝终于要和我见面了，我好像暂时忘记了疼痛，脑子里回想着刚才医生嘱咐的"双手握住产床扶手，屏住呼吸，向下用力"。

18点多，浑身是汗的我，已经累得筋疲力尽，不过自己感觉宝宝就快来了。突然，我感到下面一股热流出来，瞬时就轻松了很多。18 点 25 分，我们的宝宝出生了！

　　宝宝出生之后还没完事，除了娩出胎盘之外，还要进行侧切缝合，缝了三针，没给打麻醉，真疼呀！这还不算完，最痛苦的还在后面呢。我的宫颈有撕裂，还要进行缝合，于是我又经历了比生孩子还要痛苦的 1 个多小时，那位男医生一直摁着我的肚子，两个医生给我缝合，期间好多位医生、护士轮流观看，貌似我是很好的病例。宝宝一直很乖，安静地躺在一边，后来男医生看我和宝宝都很可怜，就把宝宝放在我身边，以缓解我的疼痛，可惜还是没用。

　　手术终于做完了，我被插上导尿管、打上点滴，宝宝躺在我的怀里，我们一起躺在床上，被推回了待产室，需要观察 2 个小时。无聊时给牛爸爸打了电话，给 N 个人发了短信，给宝宝拍了初生照片，直到最后手机没电了。

　　到此为止，我的好孕经历叙述完毕，可这还没完，让人揪心的事情还在后面，请看【宝宝篇】——

宝宝篇

　　由于我生完宝宝后又做了宫颈缝合手术，因此没有能按时在观察室留观 2 小时，直到 2008 年 7 月 31 日晚上 10 点，我和宝宝终于被还在忙于接生的医生"抽空"给推出了产房，牛爸爸和宝宝姥爷还在产房外面焦急地等着。出产房时，需要做一个登记，医生一看就开玩笑说："又是个男孩子。今天已经生了 10 个了，只有 1 个是女孩子！将来你们家宝宝不好找老婆呀。"我说："没事，到时候我们找外国妞！"

回到病房，我们让宝宝姥爷回家休息了，明天和宝宝爷爷奶奶姥姥一起过来看我们。之后，主管我这床的护士抱着宝宝去洗澡了。另外一个护士来给我们做指导，主要是宝宝爸爸的工作。首先，要学会怎么喂奶。护士给发了一个帮助宝宝学会吃奶的工具，就是有个小杯子，上面盖着小盖子连着小管子，因为有时候妈妈生完宝宝还没有下奶，就可以在这个小杯子里面放一些配方奶，把小管子塞到正在吸吮妈妈奶头的宝宝嘴里，让宝宝有兴趣吃，能够吃饱，也可以帮助妈妈尽快下奶。配方奶怎么调配，牛爸爸就学了将近 1 个小时，不是水多了，就是水凉了，跑了护士站 N 次，还好她们态度很不错。

跟我们同屋的是个剖腹产宝宝，也是个男宝宝，比我们大了 1 天，但是比我们大得多也重得多，8 斤多，而且比预产期晚了 1 周多才生的，顺产改剖腹产，宝宝妈妈正在遭受手术后的煎熬。宝宝奶奶过来照顾他们，好年轻，还不到 50 岁，一家人都是东北人。

剖腹产宝宝的奶奶见我们手忙脚乱，而且没有家长帮忙，主动来教我们怎么喂宝宝，果然一下子就解决了宝宝找不到奶头的问题！宝宝顺利地吃上了我的奶，那一刻又兴奋，又幸福，孕期所受的一切苦痛都不算什么了！

宝宝吃了一会儿就睡着了，看着他熟睡中的小脸，我和牛爸爸兴奋不已，也不管剖腹产宝宝和他妈妈还要休息，从凌晨 1 点一直盯着宝宝研究了 2 个多小时！我让牛爸爸休息一会儿，他也睡不着，我也不觉得累，因为生得很快，没怎么受罪，就是侧切和插导尿管很别扭，不敢翻身。

第 2 天，也就是 8 月 1 日，牛爸爸跟医院预约的月嫂终于来了，一下子把宝宝的大小事宜都接过去了，我们什么都不用管，而且也不用老人帮忙。强烈建议新妈妈住院期间一定要请个月嫂，既省事，又能够及时学到护理宝宝的知识。因为我的奶还是不多，宝宝主要喝配方奶，用上了贝亲的 120mL 的塑料奶瓶，每次喂宝宝 50mL 左右，3 个小时吃一次。宝宝还抽了足跟血，打了卡介苗。

宝宝全身特别红，皮肤也不白，后背、屁股还有小手和小脚都有点青，但头发又黑又长又密。他脾气好大，很爱哭，哭的原因不是饿了就是尿了，不像邻床剖腹产宝宝那么乖，吃饱了就睡，饿了也就哼哼而已，尿了也不会大哭。每天宝宝洗完澡都是"未见其人先闻其声"，在门外很远都能听到他的哭声。因为他在一堆洗澡宝宝中哭声最响亮，以至于后来几天我们都能分辨出哪一车宝宝里有我们的爱哭宝宝。

宝宝的爷爷奶奶、姥姥姥爷、姑姑姑父都来看宝宝了，每个人的脸上都乐开了花，都说宝宝红得像关公，头发黑得不可思议。宝宝的名字也确定了，叫"梓宸"，跟我为宝宝想的名字差不多，小名就叫"宸宸"了！

第 3 天（8 月 2 日）和第 4 天（8 月 3 日）是个周末，只有值班医生查房，护士每隔 2 个小时就来看看我和宸宸，记录宸宸的吃喝拉撒情况，查查体温，指导我带宝宝，而且每天早晨要对我侧切的地方用碘酒消毒，之后还要"烤灯"。所谓的"烤灯"，就是人平躺之后两腿支在床上，中间加一个安装在木头框上的高瓦度灯泡。感觉很原始，但是烤得很舒服！这是为了防止侧切处不够干燥而感染细菌。

宸宸在第4天的时候小脸有点发黄，问过医生说没事，属于正常黄疸，看情况发展再定如何处理。8月4日，宸宸出生第5天，主任大夫在周一例行查房，发现宸宸黄疸有点严重，要求抽血化验胆红素。

下午3点多，医生终于过来抽血了。1个小时后，一个医生就拿着结果急匆匆地过来了，说宸宸胆红素很高，怀疑是ABO溶血性黄疸，要立即转儿科！我和牛爸爸立刻傻眼了，没想到最担心的事情发生了。

牛爸爸跟着去办理宸宸的住院手续了，我在病房里焦急地等待消息，用手机上网去查询有关ABO溶血的信息。大家都劝我休息，可是我根本睡不着，担心宸宸的身体，也为自己见不到宝宝而伤心，哭了不知多少次，都说月子里不能哭，可是情急所致，不管那么多了。

第5天（8月5日），牛爸爸一直待在儿科那边，早晨过来看我，说夜里回家之后，0点多儿科主治医生把他叫回去说宸宸胆红素太高了，要换血，还给宝宝下了病危通知书，吓得他腿都软了！凌晨2点多换血成功，血红素降下来了！听到这个消息，我是又伤心又松了一口气，要是周末发现宝宝脸黄就给验血治疗，也许就不用转儿科换血了！

　　4天之后，我侧切缝合的伤口拆了线，就办理了出院手续回家了。我虽然回到了家里，可宸宸还住在儿科病房里，也不允许家长陪床，所以回家后的那几天，我真是度日如年，醒着，梦着，满脑子都是宸宸。每天我的第一件事就是继续上网查询有关资料。第二件事就是给儿科医生打电话询问宸宸的最新情况，医生总是把可能发生的最坏的情况告诉我们，弄得我们成天忐忑不安。第三件事就是把辛苦挤出来的奶给倒掉。

　　8月7日，医生通知我们可以去探视了，我和牛爸爸、宸宸姥爷、姑父一起打车去医院看宸宸，在询问主治医生相关情况后，医生允许我们其中一人进去探视。之后我带着相机，换了消毒衣到宸宸照蓝光的地方去看宸宸。只见宸宸安静地躺在育儿箱里，全身笼罩在蓝光中，眼睛上戴了个眼罩，小胸脯贴着心脏监控的贴片，两只小手腕上都扎着点滴针，肚脐那里用纱布盖着，只穿了一个纸尿裤，小脚也用纱布缠着。可能是听到有人来了，他的小嘴张了张，转了转头，不过因为眼睛被蒙住了什么都看不到。几天不见，他长大了不少，皮肤上的黄色也退了很多，不过小脸比出生时瘦了些，看着很清秀，很柔弱。我拍了几张照片，忍住没流眼泪，很快就出来了，因为我坚信宝宝很快就能好起来，和我们回家去！

　　8月8日，举国欢庆的日子，中国人期盼已久的奥运盛事终于来了，可是我和牛爸爸身边却没有宸宸。在那个热闹喜庆得像过年的日子里，我和牛爸爸两个人在清冷的家里默默地看着开幕式转播，那滋味别提多难受了。

8月9日，医院通知我们可以去陪床了，我和牛爸爸高兴地立马收拾东西赶到医院。我全天24小时陪着宸宸，牛爸爸晚上回家休息，白天过来照顾我们俩。宸宸也可以吃母乳了，彻底告别了配方奶。大便也由黄的发白的条条，变成了金黄色的坨坨。儿科的硬件条件很差，房间小，而且不通风。但是有宝宝在身边，再苦的日子也过得很幸福，我们盼望着宸宸尽快恢复健康，早日出院回家！

8月12日，正是宸宸预产期的日子，医院宣布宸宸可以出院了。我们的宝贝终于可以回家啦！

出院时，医生给开了两种药，要求坚持吃完。2周后再去验血，宸宸的胆红素降得比较正常了，但是转氨酶有点高，医生要求母乳停1周，然后再抽血，说如果还是高，那就有可能是肝脏有问题。我们严格按照医生的要求给宸宸喂奶粉，又过了2周，再复查全部正常了。我可以喂宸宸母乳了！宸宸也可以不吃药了！宸宸完全是健康的宝宝啦！我开心得不能自已，真想对着全世界大声呼喊。

从此，我们一家人过上了忙碌而充实，幸福又快乐的日子，崭新的生活迎接着牛爸爸、羊妈妈和鼠宝宝宸宸。

烤肉召唤出的豚宝诞生记

张笑楠

嗞~~，鲜嫩烤肉上的油花在铁盘上欢快地跳着舞。

刚刚在医院敲定了剖腹产手术日期的我一边大快朵颐，一边盘算着仅剩的几天里还有哪些美味一定要赶在手术前享用一遍，才能死心塌地地乖乖进产房。

是的，没错的，怀孕时的那些忌口，比起坐月子来，简直不值一提。如果你想母乳喂养的话，那么恭喜你，有些美味可能一两年内都与你无缘了。

想当初怀孕怀得突然，既没有备孕，也没有知识储备，医生随口说个指标都紧张得不得了。最夸张的时候，只不过因为孕酮比前一次测的低了一点点，就每三天跑去医院抽一次血。孩子爸爸一边心疼我扎得都是眼儿的手，一边每隔三天就低眉顺眼地哼唧让我再去医院验一次血。现在想来，真是好笑，但当时真是全副心肠都挂在这个未成形的小细胞团儿上了。

由于刚怀孕需要建档时单位离协和比较近，所以最初的检查都是在协和国际部。可能是赶上马年，马宝宝比较受欢迎的缘故，即使国际部也人满为患。至今我仍深深地记得自己抱着一丝希望打电话给协和国际部咨询的时候，护士直截了当地说没床位不能给建档，后面一句则更让人惊讶且无奈：能排上床位的现在还没怀上呢！

既然不能建档，且几次去检查人都实在太多，加上宝爸那时工作甚忙，无法保证每次都陪我一起去检查，剩我一个人忐忑地挤在护士台前一群人高马大的宝爸们中间的经历实在不美好，我们最后选择了将台路的和睦家医院。

其实在决定选择私立医院之后，很大一部分的因素就是靠眼缘了。当初选择和睦家，一是因为它有血库，万一遇到紧急情况可以应急；二就是去参观的时候，陪同人员都让人感觉很舒服且专业，产房也都宽敞明亮。

虽然在孕期各种调整胎位的姿势每晚都做，但豚宝仍坚持淡定地坐在肚子里。其实宝宝一直都很淡定，不淡定的是我们这一对刚刚晋级的父母而已。因为一直希望顺产，所以坚持等豚宝转头一直等到8月7号产检，而预产期就在8月13号。淡定的医生这时也不淡定了，逼着我一定要尽快安排手术，否则如果提前破水，来不及赶到医院会容易有各种风险。而当时的我，因为抱着壮士断腕的决心，准备吃饱喝足生娃娃之后做个每天均衡饮食的好奶牛，所以在医院就差上演一哭二闹三上吊的戏码，一天一天地跟医生磨，硬要把手术日期定在了8月10号。

从医院出来，就是文章最开始的那一幕。吃得开心的我，并不知道自己的小算盘全落了空。豚宝既不肯听我的转成头位，当然也不肯听我的等到两天之后再出来。

吃完烤肉回到家，我心满意足地躺在床上，想着这两天排队等着我的好吃的，抱着孕妇枕睡得正香，突然！

噗！我瞬间惊醒！赶紧推旁边睡得呼噜呼噜的人！快起来！破水了！

旁边的人眼睛完全睁不开，反问我：你怎么知道是破水了？你是不是尿了？

气死人了！

虽然说我以前也怀疑过，随着孕期靠后，些微的尿失禁也属于正常，妈妈们怎么就知道自己是破水了呢？可是事到临头，这种感觉真的不一样好吗！即使是在睡眠中，也能清晰地感觉到好像是一个吹满气的气球突然破了一样，羊水哗地一下流出来，是绝对不会弄错的！

就这样，我自我感觉非常镇定地指挥旁边的人给医院打电话，给父母打电话，以及拿前几个礼拜就开始陆续装好的待产包。可是，旁边的人一边迷迷糊糊地拿着我的手机，疑惑到底是拨打和睦家妇产还是和睦家预约，一边继续坚持不懈地问：你是不是尿了？你其实是尿了吧？

气死人了！气死人了！

迅速地让孩子爸爸拿来了隔尿垫，他揉了揉眼睛，终于承认是破水了：虽然没有颜色，但是觉得你应该尿不了这么多吧？

实在是生不起来气了。

终于被认可是破水之后，便顺理成章地叫醒父母，收拾东西，按医院的指示尽量平躺，不要动，叫救护车。这个时候叫救护车应该还是更为理想的选择，一般的家用车和出租车可能会受到交通的影响，而且也没有一些应急的设施，比如救护车的担架就可以让你保持平躺的姿势从家里的床上运到医院的床上。

从凌晨一点多破水到两点多躺在病房的床上，我的心里踏实了。我开始感觉自己的宫缩，都说宫缩的感觉跟来大姨妈差不多，还真是的，只不过强度大了不少。虽然觉得剖腹产是难免的了，但是躺在产床上的我还是不死心，让医生做了一次 B 超，希望豚宝能转成头位。结果豚宝很有主意，仍然淡定地坐在肚子里。只能等着手术啦！等手术的时候，可能是因为知道要剖腹产的缘故，我一点儿罪都不想受了，有一点宫缩都觉得疼得不行，生怕豚宝等不到手术自己发动。幸亏医生来看完监测数据，说了句你这只

有一次像点样儿的宫缩，早着呢！

四点多，我终于从病房被拉到了产房，据护士说，她们这一晚上已经做了 8 台手术。碰巧当晚值班的医生正是我当初预约的医生，我正在边套近乎边忐忑的时候，一直给我做检查的常玲大夫来了，我顿时就像有了主心骨。不得不说，虽然剖腹产已经不算什么了不起的手术，但是有个从孕期就了解你情况的医生真的让人踏实很多。护士向我和宝爸一一介绍了医生和麻醉师，就开始做手术的准备工作，我跟宝爸有一搭没一搭地聊着天儿。常玲大夫看着护士准备的工具，突然开玩笑说，你们干嘛把好东西都藏着，就给准备这种线？护士一下就茫然了，常大夫笑了，说看我来找！躺在床上的我听着一通乒乒乓乓，然后是常大夫炫耀的声音和护士的玩笑：也就是您，我们哪知道有这好东西啊！常大夫紧接着站到我的旁边，跟我说，我给你用的可是缝脸用的线呢！她们一般都不知道！

虽不知道是真是假，但是经过这一下，我的忐忑的心竟然一下平静了，只剩下对医生全然的信赖和期待。按照麻醉师的指导，我拱起腰，上麻醉，等麻醉生效。上麻醉会疼一下，但绝非不能忍耐，而且很快就过去了。

躺在那里的我其实除了冷并没有什么太多的感觉，只听见常医生开心地说了句：是个坐宫娘娘！我和宝爸瞬间惊呆：是个女孩儿啊！宝爸貌似还追问了句啥，常医生又肯定了是个女孩儿，我们才开始傻乐。从怀孕以来各种被人说是个男孩儿，让喜欢女宝的我俩纠结得一度放弃了希望！所以说梦想还是要有的，万一逆袭了呢！哈哈！

　　护士抱过一个白白的娃娃来让我亲，大概看我很是清醒，并没有问我是男孩还是女孩。白白嫩嫩的皮肤，闭着的长长的眼睛，红艳艳的小嘴，此生无论她长到多大，在我眼里应会一直是这样柔嫩的面孔。

　　听人说，女人生完孩子会分泌一种神奇的激素，使她忘记生产的痛。诚然，孕期的辛苦，生产的忐忑，术后刀口恢复的疼，至今仍历历在目。但是，现在看着那当初白白的小脸一点点变圆，当初闭着的小眼睛带着笑凝望，当初红艳艳的小嘴不停地喊着妈妈妈妈，我相信那种神奇的激素真的存在。

　　只为了那一场最美的相遇。

小糖豆的孕产记录

李雪娜

2014 年 11 月 13 日，在我备孕 1 年半后，我的糖豆终于突破重重阻碍成功着陆！备孕的路很艰难，去了无数次医院，每次在妇产医院看病的时候，看着那些顶着大肚子的宝妈，我的眼里总是充满了羡慕。多囊卵巢的我无数次想过放弃，但是为了能有个生命的延续还是坚持下来了。糖豆的到来令我充满感激，激动得无法言语，甚至到现在我都能回想起当时说的每一句话，我所有的表情。

但是孕育一个小生命不是怀上就完事了的，从那一刻之后我又进入了保胎阶段，第一次去检查不见胎心，孕酮低，回家后又有一点见红，我的心一下被揪起来，害怕幸福来得太快也去得太快。我每天吃一堆保胎药，好在我的糖豆够争气，一礼拜后复查胎心已经有了，成功建档！回家后我又每天都会担心糖豆在我肚子里好不好，胎心会不会停了，都近乎神经质了。12 周糖耐检查时，我躺在那儿心脏都要跳出来了，忐忑地问大夫孩子成形了吗？大夫说成了，我心里的大石头终于放下了。但是新的问题又来了：胎盘低置抵达宫口，还有个子宫肌瘤！大夫说让我回家尽量躺着,子宫肌瘤应该是吃黄体酮造成的,看看以后会不会影响胎儿。就这样,我和我的糖豆闯过了一关又一关,终于熬到了37周足月,一切检查顺利,就回家等着我家大豆子自己发动了。

就这样一直等到了41周也没见有动静,住院催产!从这开始是我最不想回忆的一段,甚至有点后怕。41周+1那天早上8点到医院办完各种手续后,我想着马上就能看见我的糖豆了,心情又紧张又激动,就这么进入待产室催产。待产室就我一个人,好在助产护士都比较好,看我比较紧张先跟我聊天让我放松。我顶着大肚子做着胎心监护,打着催产点滴,这一天下来却什么反应都没有,连上厕所都是给我绑着胎心监护,动也不能动,倒把我累得腰酸腿疼的。晚上6点出来看见老公跟妈妈,觉得终于见到亲人了,各种无奈呀,谁让我的宝贝这淡定呢。

第二天继续催产,并且加大了药量,这次终于有点宫缩了,基本五六分钟一次,但是胎心在有宫缩的时候就会骤减,我的主管大夫看了以后让我别吃饭,做好随时剖的准备。于是这一天我做了无数次内检,又折腾了一整天。到了晚上停了药,宫缩没有了,连助产护士都说明天还得来。夜里妈妈陪着我,到了早上5点,我居然开始有自主宫缩了。我心里那个兴奋呀,心想我的宝贝真给力,不让妈妈挨这一刀。早上8点,住院部的护士检查,说已经开了一指,悲剧也就从那会开始了。当时我已经发烧了，却因兴奋的心情和宫缩的疼痛而忽略了。8点半到了待产室，内检的大夫说我阴道太烫，一量体温，39.5度，我居然一点感觉都没有。医生当即确定把催产点滴停了，准备剖腹，但是悲催的我居然又赶上我的主治大夫当天出门诊，必须得等到下午4点！漫长的等待时间里，宫缩上来的一阵阵的疼痛，高烧带来的全身的灼热感交替袭来，感觉那几个小时成了我此生最痛苦、最难捱的时光。老公跟妈妈等在待产室外，也不知道我的情况，以为我开指呢，我瞬间觉得特别委屈，眼泪也不争气地流下来。好在我开指慢，要不宫缩的疼更剧烈。

　　下午1点半，我终于盼来了手术室的大夫，顿时感觉见到曙光了，出门看到家人，又瞬间泪奔，好在马上能见到孩子的信念支撑着我。进了手术室，打了麻药，宫缩的疼一点都没有了，幸福感充满了全身心，仿佛从地狱到了天堂般。当主任把孩子取出来的那一刻，当护士把糖豆放在我脸上让我亲亲她的时候，我的眼睛禁不住地模糊了。可是，疼痛还没结束，我感觉缝针的时候特别疼，每缝一针都感觉是针头直接穿过肉似的，疼得我呲牙咧嘴，嗷嗷大叫。主任说我羊水3度污染，孩子在我子宫里拉胎便了，可能是宫腔感染引发了我发高烧，当时就拿了我的胎盘去做化验。

　　出了手术室，仍然高烧的我浑身哆嗦，连脸都在颤抖，冷得不能说话。回到病房量体温39.6度，管护士要了3床被子，那会可是三伏天啊，屋里还没开空调，血压也因为剧烈的哆嗦一直测不出来。第二天早上，我打点滴消炎退烧，下午又被告知孩子感染了革兰氏细菌，要去儿科住院，真是祸不单行的一天！我不禁悲从中来，哇哇大哭。好在我的月嫂劝阻了我，说哭泣可能会造成没奶，想到孩子的口粮，只好忍住了。我住了8天院，每天为了孩子的口粮3个小时吸一次奶。我一直烧了6天，每天最高兴的时候是老公去儿科询问糖豆的情况，每次听到宝宝有好转，我就开心不已，忘记了自己的病痛。

　　我出院的第三天，我的糖豆也回家了，我的第一个想法就是再也不要和她分开！我的生产过程让我很虐心，好在结果是好的。如今，糖豆8个月了，看着她一天天地成长我真是倍感欣慰，只希望她能健康成长，别无他求！

感谢你选择了我

张　硕

每一个孩子，都是上帝派来的小天使，每一个小天使，都会选择一个他最爱的人带他来到凡间……

2015 年 10 月，备孕三个月不到，这个小精灵就选中了我做他的妈妈，闯入了我的世界。

他的出现虽然在意料之内，但还是让我和先生倍感惊喜，随之而来的还有各种的担心。

孕早期，经历了孕酮低，吃黄体酮一直到三个月才停的波折。为了给小朋友一个好的平稳的成长环境，我毅然请假在家静养。前三个月里，每天最高兴的就是睡着的时候，只有睡着我才不会觉得太恶心。每天一睁开眼，胃里的酸爽劲儿立马就上来，喝口水都能吐出来，真是一点都不夸张。我完全是靠着"有反应说明孩子在长"这个信念度过了那难捱的头仨月。突然有一天我竟然胃口大开，心想着怎么没反应了，宝宝不会不长了吧，结果一口气吃了六个油焖大虾，估计这大虾还没从我嗓子眼进到肚子里，那股酸爽的感觉又来了。

好不容易孕吐过去了，在第十二周做 B 超的时候，又显示胎盘低置，真是不让人消停啊。好在我这人心宽，之后各种百度安慰自己，我这还不算低，闲不住的我于是并没有像其他低置妈妈一样卧床，还是到处闲逛打发无聊的时间。

第一次大排畸刚好是孕中期的到来，令人开心的是小朋友带着饭碗自己上来了，这也让我踏踏实实地度过了最美好的三个多月。

到了孕 35 周那天，我回妈妈家吃饭，在回家下电梯的时候，电梯到了一层咣当一下却没有开门，而是显示一层一层地往上走，我和妈妈立刻按下紧急呼救键，结果居然没有人回答，电梯一直上升到 11 层和 12 层中间才停了下来。我和妈妈拍门呼救，楼下看电梯的和邻居都赶了上来，有人去找物业，有人去找电梯工，我捂着肚子坐在电梯里，特别担心电梯会突然冲顶或者坠落，一动也不敢动，坚持了这么久，我不允许肚子里的小东西因为我而发生任何的闪失。过了大概 20 多分钟，电梯门终于被修理工打开了，由于电梯停在两个楼层中间，我只能踩着邻居搬来的凳子出去，直到出了电梯门，我的双手还在哆嗦，腿也发软。更要命的是，我感觉小朋友在肚子里一阵一阵地发紧，担心有什么问题，当天晚上就去看了急诊，做了胎心监测之后当即就被大夫扣了下来，因为宫缩频繁且规律，怕早产，需要住院输液保胎，当时就给我吓哭了。大夫说这个月份和大小生了也没事，我说别啊，我还不想生呢，于是当天住院输了一宿的硫酸镁，上个厕所都得记尿量。终于是有惊无险，在医院呆了两天，小朋友又乖乖待在了肚子里。

一直坚信自己可以顺产，小朋友也很争气，一直以来头位没有变过，每天我都在跟他说，小朋友加油自己钻出来。我就这样坚持着自己必顺无疑的信念，回家等待小朋友随时发动。

7月28日，这一天不仅仅是预产期，也是产检的日子，结果B超显示羊水少，立刻入院催产。当时我并没有觉得紧张，一心想着第二天应该就能和小朋友相见了，于是开始办理各种住院手续，备皮，紧接着晚上就被哄到待产室做OCT（小计量的催产，看子宫和孩子是否耐受），总之，一切顺利。OCT会让我有宫缩，微疼，几乎可以忽略这种难受。晚上八点不到，我从待产室出来，期待着明天的惊喜。

7月29日，催产第一天。上午九点，我准时走着进到待产室。一上午的输液只是让我隐隐作痛，但从不强烈，实习小护士让先生去准备红牛和巧克力，先生巨兴奋以为要生了，把四个老人全叫了过来，结果午饭后，上午的那一点点疼都没有了。下午五点左右，主任过来检查后，告知我宫颈条件好，但是并没有开一指，明天继续吧。不到六点，我从待产室一无所获地走了出来，这一天，送走两个顺产的妈妈。待产室不让带手机，和家属隔离，呆了整整一天，却一点动静都没有，回到病房之后，我的眼泪瞬间决堤了。

7月30日，催产第二天，九点再一次走进待产室，依旧重复昨天的状态，上午隐隐作痛，加大了流速，催产素计量也已经加到最大，开始有宫缩，疼，但是可以忍，有点规律，开始使用呼吸法，想着生孩子就这样疼还是可以的。对面几个床上的妈妈都在不同程度地呻吟着，我当时就在想，我会不会就是无痛分娩了啊，一会一查要直接开好几指那就太棒了，一个上午，我又送走了两个顺产的。中午吃过饭，不到半小时，宫缩再一次没有了，去厕所，发现终于有点进展，见红了，接着检查，宫颈口快展平了。因为有了昨天的经历，这一天我没有前一天的焦虑，一直在跟助产士护士聊天。晚上七点多，我又跟昨天一样，顶着大肚子原封不动地回病房了。

7月31日，催产第三天。人工破水，继续打催产素，同时断食，以防剖腹产。这一天一大早我就挺个肚子直奔主任办公室，直接跟主任说，要不给我剖了吧，催两天了，真是快不成了，结果被告知宫颈条件这么好，骨盆又大，自己生恢复还快……各种劝说再一次让我动摇了。八点多，待产室的大夫亲自来接我，这一次我跟助产士说，我得换个床位躺着，就自己选定了两天送走两个超快产妈妈的床位，祈求这能给我带来点好运气。

九点十分左右，先内检，再人工破水，消毒之后，一个长把儿"剪子"伸进去，咔嚓一声之后，突然，哗地一下，感觉下边特别热，就听见地上噼里啪啦的水掉落的声音，羊水瞬间涌了出来，人工破水成功。

十点左右，我被推进熟悉的待产室，继续上催产素，被告知不能下地，大小便床上解决。并且十点之后不让我进任何食物和水，为了应对万一生不出来需要剖腹产。十一点半左右，开始又有了隐约的宫缩，但并不规律。十二点多，大夫给饥饿的我上了营养液。那个时候，宫缩大约五分钟左右一次，是那种可以忍受的疼。内检，宫口还没有开一指。一点多，宫缩开始强烈起来，但还能忍，宫口开了一指不到。两点多，宫缩越来越厉害，疼得我有种五马分尸的感觉，却不敢叫，怕让助产士烦，于是抓着床栏杆，手一直哆嗦。内检，还是只开了一指。又过了大概两个小时，疼痛越来越剧烈，我浑身哆嗦着，感觉已经到了忍耐的极限，强烈要求大夫上无痛。结果等了半小时，被告知麻醉师都没在，要不就等，要不就上杜冷丁，但是上了杜冷丁就要四个小时不能用麻药。不知怎的，我有种要剖腹产的预感，决定还是坚持等无痛。又过了不知道多久，麻醉师终于来了，再一次内检，宫口开了不到两指，那会我已经是一把鼻涕一把泪了。无痛前插尿管，

原来一直觉得插尿管是最可怕的一件事，但事实证明，宫缩来的时候，那尿管啥时候进去的都不知道。接着，麻醉师让我抱成虾米状，当时帅哥麻醉师做腰穿的时候说会有一点点疼，但其实除了腿有那么一下酸疼外，其他毫无感觉，我估计也可能被宫缩给屏蔽了，无痛的麻药也是出乎我的意料轻而易举地完成了。

　　之后的一个多小时里，

还是会感受到疼痛，但是相比之前简直是天堂般的感受。突然宫缩来了，可是这一次的宫缩仿佛没有像之前那样，持续了二十多分钟，而且子宫左下角还隐隐作痛。我叫来助产士反映情况，无意中抬头看了下胎心监测仪，发现小朋友的胎心从 145 径直下降，145，140，130，120，110，95…立刻告诉了助产士，那时胎心已经降到了 90。当时我的脑子一片空白，眼泪刷刷地流，助产士一边帮我晃肚子一边打电话把值班主任叫来，晃了大概有三分钟，突然一下，那个疼痛点一下子消失了，胎心也从 80 多迅速回升到了 140。副主任过来，看了一眼，特酷地说，剖了吧，一宫缩孩子胎心就会下来点，刚才估计是卡在哪里了，要同意剖就让家属签字，一会推上去吧。就这样，我成功地由顺产转成了剖腹产。

晚上六点多，我被推进手术室，继续输液，但是手背已经没有下针的地方了，最后扎在了胳膊上。由于我上了无痛不能再做腰麻，只能在无痛麻醉的基础上加大药量，于是就这样，麻醉没有起到它该有的作用，只知道拉开肚皮的时候是疼的，我在叫，大夫在肚子上扎了两针局麻似的药，紧接着就看他们使劲地扯肚皮，这下子可算是疼死我了，继续叫，主任让他们给我打进去了一管牛奶样的药水，也就三秒钟便没知觉了。

等我醒来的时候，一切都已经完成了。护士让我自己挪到担架上，绑上止痛泵，推回病房。再后来，止痛泵不管用，我依然疼得浑身哆嗦，术后第一次下地差点晕过去，输液针头扎破了血管一个多月才愈合……不过，这些比起生孩子已经都是浮云了。

尤其是当我看到健康的小朋友躺在我的身边，小小的身体，娇嫩的面庞，这一切的痛苦也都不叫事儿了。

生孩子的确是痛苦的，但是是绝对能过去的。

一篇流水账，每一个细节再回忆起，都像昨天才发生的一样。

最后，我只想说，感谢我的孩子，选择了我成为了你的妈妈。

我的小天使飞去又飞来

金　蕾

一语成谶的初孕

"如果可以只怀孕不生孩子该多好呀！"这原本只是嘴馋的我的一句戏言，没想到却成了真事儿。

我第一次怀孕是 2010 年年底，怀孕 4 周后开始有红褐色分泌物，建档时大夫发现宫颈口长有异物，分别在 14 周和 22 周让我做了两次阴道镜排除宫颈癌并确认出血原因，23 周羊水早破，因胎儿太小无法保胎做了引产。我的小天使就这样飞来又飞走了，我都没敢仔细看他一眼，只知道他是个男孩儿，只看到他有一头浓密的黑发。我亲爱的孩子，妈妈至今都很想你，很后悔当时就这么看着你被一个黄塑料袋装走了，却没用勇气去抱抱你、亲亲你。妈妈爱你，妈妈一直都在等你回来！

对于我的这种情况医院没给任何诊断，有朋友提醒我去查一下宫颈，因为有跟我情况类似的妈妈在协和的诊断是宫颈机能不全（也称子宫颈内口闭锁不全、子宫颈口松弛症）。我探宫的结果是 7 号棒无阻通过。大夫说如果是 8 号棒无阻通过可以确诊就是宫颈松弛，我这个只能说是比较松，建议下次怀孕时做宫颈环扎，卧床保胎。

💛 漫漫备孕路

2012 年夏天开始第二次备孕，原以为会跟第一次一样顺利，却没想到这次竟让我足足等了两年多！

第一次怀孕基本可以说是想怀就怀上了，当时看准妈群里大家在聊的各种孕前检查和用药我完全不懂。没想到第二次备孕时这些法子我全都用上了：检查激素、血糖、甲状腺，输卵管造影，吃药促排卵，B 超监测排卵，甚至还求爸爸去查了几次精子，前前后后一共折腾了两年多，可是我收获的却只有两次生化妊娠。我问大夫我是不是就只剩试管婴儿这一条路了，大夫说生化妊娠一般有两种可能：一是胚胎本身质量不高，另一种是子宫环境不好，不易着床。如果是前者做试管成功的可能性大，如果是后者那试管也无能为力。我两次生化都取不到胚胎，所以无法判断是哪种情况。于是我又茫然了，接下来怎么办呢？老公觉得孩子是上天赐予的，应当顺其自然，得之我幸，失之我命。一个月里恨不得大半个月都长在医院的我也觉得有点累了，吃了一堆药，孕是没怀上，肥膘儿倒是赠送了我一身（促怀孕的药里基本都有激素）。算了，不再折腾了，吃点中药调理一下身体等待奇迹的发生吧。三个月后，奇迹真的发生了！排卵后第十天已经隐约可以看到"两道杠"了！我知道这次肯定是怀上了，不因为其他，只因为我是妈妈，我知道我的小天使又飞回来了！

一波三折的孕期

对于我这个有不良孕史的准妈妈来说，怀上只是万里长征迈出的第一步，后面还有重重关卡要过！

8 周建档查出孕期甲减。孩子的预产期是 2015 年 7 月底，由于是羊年，怀孕的人还真是相对少了一些，这让我顺利地在离家很近的医院建了档。然而建档前的检查又出了岔子，主任说我孕期甲减需要去看内分泌科。内分泌科大夫说甲减简单来说就是甲状腺激素分泌不足，如果准妈妈甲状腺激素分泌不足会影响胎儿的神经及大脑发育，所以孕期甲减的准妈妈需要按时服药并且定期复查，口服药"优甲乐"不会对胎儿产生不良影响。听完以后我吓出了一身冷汗，得亏拖延症没犯，否则后果不堪设想呀！回家后把药放床头，睡觉前倒好一杯水，每天早上醒了第一件事：吃药！

12 周 B 超查出胎盘前置状态。我的怀孕反应是从第 7 周开始的，根据第一次怀孕的经验，基本要熬到 20 周过了才会缓解，症状就是恶心得吃不下饭。但这次跟第一次却有点儿不一样，每隔十天左右就会有一两天不是特别恶心，这种不同引起了我严重的焦虑，因为我知道引起恶心的原因是肚子里的宝宝在愉快地成长，所以每到那不太恶心的几天我就心窄，唯恐宝宝有问题。就这样提心吊胆地熬到了 12 周 B 超，大夫告诉我孩子发育得很好，但是新的问题又来了，胎盘覆盖子宫口，属于胎盘前置状态，如果后期不能长上去是很危险的。得，原本就吊在嗓子眼儿的心这回算是彻底放不回去了！这时老公的一句话把我给逗乐了，"好歹这个还算抓住了边儿没掉出来，比之前生化那两个强！"好吧，做我能做到的"尽量卧床"，然后每时每刻地祈祷胎盘能长上去，其他的就看我们的缘分了！

16 周第一次假性宫缩。所有的宣传都说别让孩子输在起跑线上，但这起跑线却不是固定的，你说它在哪儿它就在哪儿。据说宝宝在肚子里四个月时就可以感受到外界的声音了，于是老公开始每晚摸着我的肚子给宝宝讲故事，结果没几天宝宝真的有"反应"了，我整晚都隐约觉得宝宝在动，肚子还隐隐的有点疼，又有点硬，这么早就开始有宫缩了？第二天正好是产检的日子，主任告诉我们摸肚子是会引起宫缩的，就我这种情况还是少摸的好。呃，从此以后老公再也不敢来"打搅"宝宝了，起跑线爱在哪儿就在哪儿吧，只要能踏实生下来就好。

关于宫颈机能不全。我在建档时就跟大夫说了我探宫的结果，16 周产检时我再次跟大夫提出了要做宫颈环扎手术，大夫不建议做：一是 7 号无阻通过不能说明上次破水就是宫颈的问题；二是这次怀孕宫颈长度一直很好，没有显示出有问题的征兆；三是手术本身也是风险很大的，所以综合考虑还是不做的好。回家后跟老公再次商量，权衡利弊，最终决定不做手术，继续卧床保胎。

20 周羊水穿刺。39 岁的高龄产妇唐筛是做不了了，我不能接受这样千辛万苦生下的孩子有问题，无创不保险，我要做羊穿。对于羊穿我并不陌生，因为我第一次怀孕时就已经 35 周岁，被划入高龄产妇的行列做过羊穿了（那会儿还没有无创检查）。但是越熟悉知道的就越多，知道的越多就越紧张，比如胎盘如果在前壁，做穿刺时有被扎漏胎膜造成高位破水的可能。羊穿当天，其他妈妈都在担心会不会很疼，只有我一个人在焦虑会不会破水。终于轮到我了，等我走出手术室时只觉得下身哗啦一下流出一股热水，我脑袋当时就懵了，不会又提前破水了吧……我勉强镇定地走回到座位上，暗暗告诫自己不要慌，高位破水是一会儿流一股，要真是破水等下还得流。这里是医院，要真是高位破水了立即全卧保胎，胎膜是有可能自行修复的。我在座位上休息了半小时，没有再出现流水的情况就回家了。人是到家了，可心还悬在半空呢，这一天我全部的注意力都集中在是否再有流水，一直到傍晚 5 点

多，又感觉到流出了一股水，我当时就彻底崩溃了，打电话叫老公赶紧回家送我去建档医院看急诊。到了医院说明了来意，值班大夫说不是他们医院做的穿刺，让去做穿刺的医院挂急诊。老公赶紧说："我们家离这儿近，您先给看看流出来的是不是羊水，要是我们再去穿刺的医院。"大夫拿 pH 试纸帮我检查了一下弱酸性，说："不是羊水，要是羊水 pH 性是碱性的。而且羊水是无色无味的，干了以后不会在内裤上留有痕迹。估计是因为你躺得太久了分泌物一直没排出来，今天去医院又走又坐的就流出来了。"哇！一颗悬了一整天的心总算踏实了一点儿。原来是不是羊水这么简单就能知道，到家我就淘宝买了试纸，以后再不放心时好自己测测。这里再多说一句，因为内裤上有残留的洗衣液也会有酸碱性，所以只能测阴道里的分泌物，不能测内裤上的。

22 周 B 超大排畸。相对之前的检查，这次检查的结果让人安心多了，首先胎儿的所有检查指标均在正常范围，其次胎盘长上去了，最后一点就是宫颈长度依旧达标。赛程过半了，我要继续加油！

23 周急诊住院保胎。因为有第一次怀孕的经历，23 周前后对我来说都是特别危险的，我一直都在老实地尽量卧床。但是千怕万怕，最怕的事还是发生了！ 23 周 +6 的凌晨，我被一阵一阵的腹痛惊醒，原打算跟平时一样喝杯牛奶安抚下肚子里的宝宝好继续睡觉，没想到喝了以后还是疼，而且肚子一阵阵的发紧、发硬！我感到又不妙了。这时爸爸好像也有了心灵感应，突然睁开眼问我："你怎么了？要去医院吗？"凌晨三点我们出发去医院。到了医院大夫一摸肚子就开始训我俩："宫缩都这么严重了才来医院，赶紧 B 超查宫颈长度，有没有宫内出血！"B 超结果都正常，我感觉我那颗紧张得都快蹦出嗓子眼儿的心又咽回去了，按大夫吩咐办手续住院保胎。医院有规定，怀孕保胎 28 周之前归妇科，28 周以后归产科，23 周的我依旧属于妇科。大夫问我血糖是否正常，我说从没查过糖耐，不过空腹血糖一直都是正常的。然后护士开始往我身上贴心电监护，一条胳膊绑了脉搏检测，另一条胳膊扎静脉注射安宝，整个人处于生活不能自理的状态了，老公说要光看病床前那堆仪器和身上插的管子，真的以为我得啥重病了。打安宝跟普通的输液不太一样，每分钟几滴需要由仪器来控制精准度，正常是每分钟 5 滴一个晋级。5 滴控制不了我的宫缩，10 滴宫缩是控制了，可是心跳超过 140 了也不行，试了半天最后调到每分钟 9 滴最合适。这次在医院一共住了两周，先是全天 24 小时静脉注射安宝，同一剂量能保证 24 小时没宫缩的话就可以减药量降到每分钟 5 滴，再接下来就是改口服药，最开始是 2 小时一次，然后是 3 小时一次、4 小时一次、6 小时一次，等降到 8 小时一次时，大夫告诉我可以妥妥地回家继续服药观察了，于是我带着两手扎满针眼儿的瘀青"刑满释放"啦！

　　26 周糖耐没过。保胎时用了安宝，这种药会影响血糖，所以糖耐检查餐后一小时和两小时血糖值都高于临界值一点儿，为了稳妥起见，主任给我戴上了妊娠期糖尿病的帽子。30 周的时候还被抓进病房扎了四天手指做血糖检测，好在所有这些在控制了饮食后都顺利通过了，不需要进一步用胰岛素。不过主任还是提醒我必须重视这个问题，因为血糖不控制好的话是有胎死宫内的可能的！

不好通过的胎心监护。哆里哆嗦地熬到 32 周，就开始被要求做胎心监护，做监护的时候宝宝那叫一个乖呀，在里面动也不动一下，爸妈方法用尽还是没能合格。第二次护士让爸爸不停地摇妈妈肚子，摇得妈妈头都晕了才算勉强通过了监测。爸爸说："孩子也知道住的是危房不结实，怕折腾大发了屋子塌了。"

💕 我的小天使提前降生

自打确认怀孕那天起，我就一直在跟老公讨论是剖腹产还是顺产的问题。老公说："您就老实剖吧，等到生的时候您都 40 啦，老胳膊老腿儿的哪儿顺得出来呀。"可我一直觉得之前做过引产也算是开四五指生过一次了，这次顺产就算比不了人家二胎那么轻松，也能比真正的一胎容易些吧。况且这次要是顺产的话，一年以后就可以要老二了，要是剖腹产需要三年以后才能再怀，那时候我得多大岁数啦。老公听完我说的头一个反应是："妈呀，还要老二呢！您能踏实的把老大先搞定吗？"接下来是一百八十度的大转弯："也是哈，那你就顺产试试？"于是我跟老公一直在幻想着这胎

能顺产，然后好贪心地再要老二。

  36周产检，主任说："你有孕期糖尿病，按我们医院的惯例，39周催产或者剖腹产，你这情况是要剖的吧。"我跟我老公异口同声地说："我们想顺产。"主任眼睛都瞪大了，说："40岁的初产还顺呀？"老公忙用我之前说的话跟大夫解释说："她之前做过引产，是不是也跟生过一次差不多了，这次应当容易点吧。"主任说："那先检查一下看看吧。"做完检查，主任跟我老公说："她这也就勉强够顺的条件，孕中期引产跟足月顺产还是有差别的。"又转过脸看着我说："但凡你今年37、8我都鼓励鼓励你顺产，你都40了，而且自身条件又不是很好，产道还是弯的，我怕最后下产钳都不行还得转剖，到时候得多受罪呀。"我无奈地看了老公一眼，对主任说："那我们再考虑考虑吧。"

  回家后我一直在纠结是剖腹产还是顺产的问题。顺吧，想起引产时的疼我就头皮发木。剖吧，一想到要脊椎扎麻醉针我就怕得肝颤。唉，现在想想真有点不好意思，当时我就想着自己了，没考虑怎么做对孩子更好。睡醒午觉起来，忽然觉得下面流出来一股水，我赶紧拿着羊水试纸测了一下，没事儿，于是又转移到沙发上躺着继续我的纠结。又过了一会儿，总觉得内裤湿得厉害，不放心又去测了一下，不是羊水。心想：这试纸不会有问题吧！就这样一直到傍晚6点左右，我就觉得下面一下午就没干过，都换过一条内裤了可还是不行。就在我再次打算去趟卫生间时下面又哗啦了一下，上完卫生间后我发现不好，宫颈栓掉出来了，再擦，怎么有粉红色？我完全不顾形象，站在卫生间提着裤子动也不敢动地大声叫老公："快，收拾东西去医院，我把要拿医院的都收拾出来放孩子小床上了。"我一边淡定地指挥老公干这拿那，一边换上贴好卫生巾的干净内裤。我暗暗告诉自己：不要紧张，这次跟上次不一样，我的孩子还有三天就 37 周了，他不过是有点着急，想提前来到这个世界跟我们见面。

到了医院，找护士、挂号、叫值班大夫，所有这些对于我们来说已经轻车熟路了，值班大夫检查了一下说："是破水了，不过你这马上就 37 周了，如果没有宫缩就保胎到足月再生。"接下来是老公去办住院手续，我被推到产科病房做登记。护士一边登记信息一边问我："你有宫缩了吗？""有了，感觉五分钟一次，不过不是很疼"。当时我看了下表，19 点半左右。登记完护士把我推进了病房，值班大夫来检查说："呦，都开一指了，你这够快的呀！"接下来我就觉得越来越疼，疼痛间隔的时间也越来越短。那时是 7 月初，病房里开着空调，我却疼得浑身是汗。一个小时后值班大夫又来看我说："还行，开了快两指了。你这挺快的，自己顺吧。"我想到上午主任说的下产钳都不一定行的话，再三要求剖腹产。于是，我被推进了产房等待，大夫绑上胎心监测仪让我平躺，我疼得缩成一团，怎么也平躺不了，大夫一句："测不到胎心了。"立马起了作用。我咬着牙忍着疼终于平躺下了！不知道过了多久，我被推出了产房准备去手术室。在产房门口我看到了老公，疼的时候看到亲人就会变得脆弱，我疼得眼泪止不住地往下流，老公摸摸我的头说："再坚持一下，马上就手术了。"进了手术室，上了手术台，开始麻醉了。我强忍住心中的恐惧与剧烈的疼痛，按照麻醉师的要求侧躺，双手抱腿弓着背，果然，麻药打上分分钟疼痛就得到了明显的缓解。几分钟后，麻醉师确认腰部

以下已经没有疼痛感了，手术正式开始。我感觉到小腹像被指甲划了一下，过了一会儿感觉有东西被从肚子里拽出来了，接下来就听到了婴儿响亮的啼哭声。啊，我的宝宝平安降生了，一颗悬了9个月的心终于可以放下了。接下来我全部的注意力都转移到了这个小生命上。有护士给孩子擦干净，量身高体重，有护士记录孩子的出生时间及其他出生信息。正当我独自沉浸在幸福中时，肃静的手术室居然听到了笑声，原来我的宝宝把尿尿到了自己的嘴里。孩子呀，你这可真是高难度动作哦。因为差三天才够37周，按医院规定，宝宝需要送儿科监护。在抱出手术室之前，护士告诉我是男孩儿，托着孩子在我脸上贴了一下。手术室冰冷的空气和孩子温暖的身体形成了鲜明的对比，我感觉我的心一下子就被这柔软的小东西给暖化了。在我还没明白过来时，孩子已经被抱走了，可惜，我就看见了一团红红的皮肤，连孩子长什么样都没看清。

接下来就是我最丢脸的事儿了。剖腹产手术之后刀口上要压6小时的沙袋，大夫和护士一小时至少会来检查一下恶露的排出和子宫恢复情况，对于我来说就是一小时至少会有两个人来按肚子。由于之前住院保胎时听到过别人被按肚子的惨叫，所以大夫、护士一来，我就死死地抓住人家的手不让按，搞得老公在一边连哄带骗又拉又拽地让我松手，最后是肚子一下也没少被按，护士交班时还特意交代我不让按肚子，真是丢人死了！术后我需要输血 400cc，一脸疑惑的我听老公解释才知道，原来我子宫缝合时不顺利，扎哪儿都出血，所以出血量相对多。我才恍然想起，生完宝宝后我在手术室还呆了很久，当时迷迷糊糊的也没感到有什么异常。由于子宫缝合不顺利，正常是手术第二天拔的导尿管我也是第四天出院前才拔，大夫解释说拔了导尿管膀胱就会充盈，会压迫子宫，怕影响伤口愈合。为了能尽快出院，术后当晚我带着尿袋就开始下床溜达了，第二天排气，第三天排便，第四天拔了导尿管后一小时内顺利排尿，OK，我可以回家等我的宝贝出院了！

写在最后的话

我的小天使已经 9 个月了，此时此刻早已酣然入睡。看着他肉嘟嘟的小脸儿，我想对他说：感谢你选择我们做你的爸妈，我们也会毫无保留地给你我们全部的爱，让你在这个温暖的家里幸福成长！

天使降临

张　颖

　　动笔的这天是 2016 年 3 月 24 日，星期四，我闺女小九出生的第 160 天，过了这么多天，我看着那张小脸还是有些恍惚，一切都还是像做梦一般。

顺利地怀孕了

　　从我知道我作为一个女孩子是可以结婚生孩子那天起，就梦想着可以 23 岁结婚，25 岁生个女宝宝。可现实是，35 岁我才嫁出去，老公也 42 岁了，就算要生孩子，直接就进入高龄产妇的行列了。所以，对于生孩子这件事，我们是抱着能怀上挺好，怀不上我俩过一辈子也不错的放松心理。

　　2015 年婚后的第一个春节，我们去老公舅舅家吃饭，回来我就头晕发低烧，爸妈和老公都说我可能是着凉了，让我赶紧吃药。那会我过了应该来例假的日子就一天，非说我可能怀孕了，就是不吃药，老公还笑话我说就一次没措施不可能怀上，说我想得太多了，可是五天后用试纸一测，清清楚楚的两道杠（得意脸）。

🖤 犯困加孕吐的孕早期

因为这突然而至的惊喜，我俩的欧洲蜜月旅行计划直接泡汤了（幸亏过年前犯懒没出机票），第一时间跑去医院确认是正常的宫内孕，孕酮指标正常，10 月 31 日的预产期，梦想中的天蝎座宝宝。一通折腾开各种证明，历经各种周折，最后在朝阳医院建了档。虽然我以前一直坚持锻炼，体质不错，但因为是高龄的原因，又听了好几个周围的朋友怀孕初期胎停育、没胎心的遭遇，前三个月还是提心吊胆的，不敢跑、不敢跳，基本下班回家就卧床休息。确认怀孕后，我最开始的反应是整天睡不醒，作为资深夜猫子的我，怀孕后每天晚上 9 点不到就困得东倒西歪，睁不开眼。第二个月之后，可怕的孕吐又开始折磨我，基本是吃啥吐啥，顿顿都吐，我老公直接在马桶边儿给我准备了个小板凳，方便我随时去吐，边吐边休息。那会儿完全闻不了油烟味、肉味、腥味，我老公原来根本不会做饭，也因此学会了下厨，费尽心思地按我当时的口味给我做各种营养餐，虽然我吃了还是会全吐了（小经验：吐完不要因为难受就不吃东西了，吃点土司机刚烤出来的面包片或者苏打饼干会比较舒服，而且能保持体力）。小心翼翼地熬到了三个月 B 超的日子，结果显示一切正常，有了胎心、胎芽，而且特别神奇的事儿发生了：

从 B 超室出来的一瞬间，孕吐停止了！从那天开始，吃嘛嘛香！

听起来可怕的羊水穿刺

因为已经 36 岁属于高危产妇，朝阳医院唐氏筛查直接就不给做了，让转到北京市妇产医院选择在 16 ～ 20 周期间做羊水穿刺或者无创 DNA 检测。这可让我这个选择障碍症的人纠结死了，羊水穿刺筛查全部 23 对染色体，而且是黄金标准，但有一定的风险系数；无创 DNA 没有风险，但只查三对染色体。上网一通查，越查越纠结！关键时刻还是得老公拍板，替我选择了全面且黄金标准的羊水穿刺，他帮我做好选择的那一刻，我心里也好像突然不纠结了。我知道绝大多数的产妇对羊水穿刺觉得恐惧和反感，和大家分享一下，事实上整个过程并没有想象的那么可怕，而且在北京可以做羊水穿刺的几家医院技术都是相当成熟的。

多说几句羊水穿刺的情况吧：羊穿当天不能有任何发热和感冒症状，不需要空腹，换病号服躺到床上露出肚皮，要先做 B 超确定胎盘位置、胎儿情况，避免误伤胎盘，然后在肚子上铺一块布，各种消毒（那会儿有点紧张，感觉像要做手术），随后能感觉一根针从肚皮扎进去，有两次穿过皮的感觉，不过一点也没觉得疼（不打麻药哦，不知道是不是因为针比较细，肚皮又被撑得薄了一些的原因，不过自己什么也看不见，不知道针长什么样，有多长），然后听见从里面抽取液体的声音，好像是抽了三试管还是多少，我也没记清。我还没回过神呢，医生就让我起来，针从肚子里拔出来压根都没感觉，在医院观察了 1 个小时左右，没什么问题就让回家了。做完羊穿一般建议多卧床休息，正好我结完婚，婚假还没来得及休（委屈脸），就顺便请了一个星期的假在家休息，整个羊穿过程和后续并无感到任何的不适，一个月以后出的结果也没有任何问题。

除了臀位一直挺顺利的中后期

之后的过程非常顺利，我的血压、血糖等各项指标一切正常，吃得香，睡眠也不错，没有浮肿、没有妊娠纹、没有长斑，除了孩子一直是臀位以外，一切都很好。每次的例行产检都是排队俩小时，产检 5 分钟就被打发出来，问主任臀位怎么办，主任说没法办，看她自己愿不愿意转过来吧。我和老公抱怨，每次挂专家号 60 大元，怎么不多和我聊会呢？老公说，不和你聊说明你没事，真聊多了你才害怕呢，我想想也是。回家还是不甘心，又是一通查"怎么能从臀位转回到头位来"，方法无非三大类：自己撅着、艾灸和找专家用手正过来。本着我一直怕麻烦又胆儿小的性格，果断采取了第一种，天天早晚撅 15 分钟，累得脖子都要折了，却丝毫不起作用。

煎熬的孕晚期

一转眼到了 37 周足月，我的体重比孕前上涨了 25 斤左右，之前一直健步如飞的我突然开始行动困难，耻骨位置开始剧烈疼痛，疼到走不了路，躺着翻不了身，也起不来。本来孕晚期就容易尿频，晚上上厕所更成了痛苦的事儿，起来一次挪到卫生间整个人都疼精神了。又是上网一通查，发现这是严重的耻骨联合分离症，据说也建议剖腹产。得了，认了剖腹产的命吧。

2015 年 10 月 13 日 37 周产检，因为提前约了一早的 B 超，老公送我到朝阳医院，他在停车场入口等停车，我先上楼去做 B 超。B 超结果显示羊水指数 7.2cm，低于 8.0cm 的低限，我拿着报告正发蒙准备去找大夫，老公打来电话说在楼下出了点事，一会儿再上来，让我别着急。过了 10 分钟老公上来，满脸满胸全是血，顿时我就傻了！老公和我大概说了事情的经过：在入口等进停车场的时候，一辆宝马 X5 逆行和一个骑三轮车的老大爷在路上相撞，宝马男下车跳着脚挥着拳狂骂老大爷好狗不挡道。老公实

在看不下去了，按下车窗说他不要没理还太过分，宝马男二话不说直接一拳过来，打到我老公鼻子上，导致鼻骨粉碎性骨折加脸颊骨折（后报警伤情鉴定为轻伤二级）。

老公怕我担心一直安慰我没事，送我去找大夫看 B 超结果，自己去楼下拍片子。主任看了眼单子说，羊水太少，今天别走，直接剖了吧。我傻眼了，想着老公刚出事还不知道检查结果怎么样，离预产期还

有两个多星期，我爸妈也没来得及赶来北京，待产包也还没收拾完，当场留院剖了可怎么弄啊？赶紧和主任商量有没有办法拖一拖，主任想了想让回家使劲儿喝水，两天后复查看羊水能否升上来，如果不行就周四剖，如果升上去了就可以再拖拖。

从医院出来，我赶紧打电话把爸妈来京、月嫂和工作的事儿安排好，又陪老公去派出所办理报警、伤检的后续手续。现在回想当天，面对一大堆棘手的问题，我还是很镇静的，我一直觉得，准妈妈不能情绪太过波动，说不定会影响肚子里的宝宝呢。

后面的两天就是用生命在喝水的两天！又因为严重耻骨联合分离症不能走路，也是几乎从早到晚坐在马桶上度过的两天。两天后的周四复查，羊水指数升到了 7.9cm，基本达到了要求，主任同意拖到 38 周以后再剖，并给我开了下周一的住院单。

稍稍放心下来，我开始和老公商量我俩做手术的时间安排问题，是他先把手术做完出院后我再手术，还是我先生完后他再安排手术，还没商量出个结果，周五晚上突然接到主任的电话，要我当晚就去医院剖腹产。我整个人都不好了，磕磕巴巴地提醒主任下周一才是约定的日期。主任说她当晚值班，干脆剖了算了。我继续磕磕巴巴地向主任表达了想多坚持几天的强烈愿望，主任这才作罢。

🖌 天使降临

2015 年 10 月 17 日周六的上午，我和老公 10 点多才起床，爸妈已经吃完早饭出门买菜了，我洗漱完刚往餐椅上一坐，哗啦一下，大量液体涌出，我心想不好，这就是传说中的臀位破水啊！想多坚持几天再生，这才坚持了一个晚上啊！得了，也不用商量我和老公谁先手术了，我先上吧！我一边大叫让老公打120，并联系他在朝阳医院做麻醉科医生的同学，一边自己迅速地爬到床上，屁股下面垫高平躺给爸妈打电话让他们赶紧回来。大约过了20分钟不到120赶到，简单量了下心跳、脉搏，对我的孕周情况做了个登记就让我自己下楼上车。为什么没有担架呢？当时我也不顾上问那么仔细了，一心就想赶紧到医院，指挥着老公、爸妈拿着大包小包，自己夹着腿小心翼翼地上了电梯。不知道是不是因为周末不堵车的原因，很快就到了朝阳医院产科急诊，也联系上了老公的同学。幸运的是，她恰好周六在医院值班，虽然一直负责给我产检的主任不在，但是当天有另外一位经验丰富的主任在值班。因为臀位破水属于比较紧急的情况，所以很快就到了产科，一边做胎心监护一边做完了术前准备，还有个特别幸运的事是，因为一早起来还没来得及吃喝就破水，免去了插胃管之苦。还以为马上就能上手术台见到宝宝了，结果迟迟没人推我去手术室，原来，有个比我情况更紧急的宫外孕大出血脉搏、心跳停止的孕妇在抢救。

大约等到了下午4点左右我才被推进了手术室，手术室感觉很现代化，也很温暖。老公的同学亲自给我做麻醉，我被要求侧身抱膝蜷成一团，腰部感觉轻微刺痛了一下，很快下半身就没了感觉，正式开始手术。因为有熟悉的人的缘故，我的心情特别放松，大夫、护士们也一边有条不紊地手术，一边轻松地聊着减肥健身的话题，听着聊这个，我这个健身减肥达人也积极主动地参

与进去并成了主角之一。可能是因为聊太嗨的原因吧，大家说的
划开肚皮的那种触感我没什么印象，手术细节我也基本不记得，
光依稀感觉好像一个人按我肚子，另外一个人把孩子拽出来了，
随后就听见宝宝哇哇的哭声。我老公的同学把女儿抱到我跟前让
我亲亲她的小脸。是个小美人呢，一点儿都不像新生儿的那种皱
皱巴巴丑丑的样子。一直想生个女孩的梦想竟然成真了，我只觉
得幸福来得太突然了！缝合伤口时，我听着大夫记录宝宝的情况：
2015 年 10 月 17 日 16：24 分剖腹产女孩，
身长 50cm，体 重 2860 克，一组
让我终生难 忘的数字。
　　被推出 手术室见到
我老公的那 刻，完全没有
原来想象中 的俩人相拥，
喜极而泣， 老公、爸妈啥
表情我也不太 记得，整个人还
在聊天没聊完和觉 得剖腹产真快一点都
不难受的混合缺心眼儿状态中，嘻嘻哈哈地被推回了病房。

　　作为一个高龄产妇，我术后恢复是相当快的，回到病房就排
气，第二天拔掉导尿管秒尿，而且当天顺利排便。虽然打完宫缩
针并且止痛泵用完后，伤口和宫缩的疼痛让我浑身湿透，度日如
年，但明显感觉一天天在恢复，第四天就顺利出院了（补充后续，
我出院当天，我老公自己背包住院，并在四天后做了鼻子的手术，
取出若干碎骨头。行凶的宝马男已经被刑拘，等待提起公诉）。

　　这就是我整个的怀孕和生产过程，没有太多的波折和惊心动

魄，甚至可以说算是很顺利、很幸运了，但孕育这个美丽小生命的过程依然让我刻骨铭心。

虽然女儿出生后各种辛苦抑郁，生活也发生了翻天覆地的变化，实话说我开始确实不太适应，也很想念我和老公的甜蜜二人时光。但是我也能感觉我的心因为这个小生命而一天天变柔软，我的眼神在她身上停留的时间越来越长。我的宝贝，我不敢说我能为你做多少，我不会说日后最爱的人就只有你（因为还有你爸爸），也许你能教会我的比我能给予你的更多，就让我和爸爸陪着你健康快乐地长大吧！

Rachel

王　蕊

建档医院：朝阳医院

主治医师：刘浩（副主任）

过程：孕初期无症状，18 周～27 周出血保胎，28 周妊娠合并心脏病，38 周胎窘急剖，因腰伤先局麻再全麻

2016 年 2 月 8 日，猴年大年初一，晴。

全家人带着快 7 个月的 Rachel 去奶奶家拜年，Rachel 该叫她太太。爸爸特别骄傲地说，这已经是我家第三代四世同堂了，他见过他爸爸的奶奶，我见过他的奶奶，现在我的孩子来见我的奶奶了。

随着 Rachel 咿呀的"话语"，我不禁想起了一年前。那是羊年的大年初一，照例是在奶奶家招呼来拜年的一大家子亲戚。孕初期没有任何反应的我，经常忘了自己的身份，里里外外地帮妈妈干活招呼客人，直到傍晚妹妹小两口走时妹夫说，姐你好好歇会吧，别累着。我这才想起我是个孕妇，隐约感觉到好像真的有点累，于是躺下睡了一觉，谁知这一躺便是将近半年的时间。

记得那晚一觉醒来我去洗手间，嗯，内裤上有暗红色痕迹？这是……出血了？

　　因为怀孕初期没有任何症状，我还保持着孕前的正常生活，骑自行车上下班，走路风风火火，几乎身边所有人都跟我说过"慢点儿"。仗着肚里这个小肉球很稳定，我一直有恃无恐，逢人便讲：看我孩子多懂事，知道不给我添麻烦。但怎么今天出血了？老公火速把我送到急诊，我心里虽然忐忑，但还是盼着大夫检查检查就放我回家。事与愿违，黄文阳大夫的一句"住院吧，随时有大出血的危险"顿时把我俩吓傻了。于是，大年初一，孕18周，先兆流产急诊收入院，全卧床保胎，严禁下床走动，点滴止血药加肌肉注射黄体酮。

　　春节期间病房很清静，四人病房从没住满，只是苦了妈妈和老公，每天早上七点半来照顾我，一直到晚上天黑才走，洗脸、刷牙、倒水、打饭、倒便盆，比上班还忙、还累。也是在这些天里，我第一次近距离地看到新生儿，他皮肤那么红，就像一颗红皮花生，那么嫩，吹弹可破，我看见了这个词。

　　我睡觉很轻，稍有声音就会醒，更别说有类似呼噜声、脚步声、推车打开水这种声音了，所以特别期盼着回家。终于第5天血止住了，照例应该再观察两天，但在我强烈要求和签字承担后果的前提下，我出院了。欢天喜地地到了家，我迫不及待地洗了个澡，然后躺下刷微博，到现在我都记得当时看了个外地大叔操着口音和车载电话对话的视频，笑得我眼泪直流。第二天起床，居然发现又出血了！赶紧跟单位请假，想着老老实实多躺几天养好了就赶紧去上班，同时分析各种原因，怀孕初期我是胎盘低置的，胎盘下缘越过宫颈内口 1.5 厘米，但现在已经是胎盘下缘距离宫颈内口 2 厘米多了，医生说虽然还是不高，但也不是出血原因，那就听医生的话多躺着吧！

在家又躺了两周，3 月 16 日去上班，早上老公送，晚上老爸接，小心翼翼了两天，相安无事。第三天产检，躺上检查床，乔宝丽医生刚摸了一下我的肚子就说，怎么这么硬？有宫缩！原来 22 周就有宫缩是不正常的，但其实我的肚子每天起床就发硬，已经很久了，我以为是假性宫缩，就没在意，还一直觉得挺好玩。频繁宫缩加上多次出血，乔医生果断地说：住院吧。我顿时崩溃，仔细咨询了在医院工作了一辈子的慧姨，最终决定还是住院更稳妥。

二进宫。这段日子我一生难忘，为了缓解宫缩，点滴硫酸镁，浑身发热，手上的血管像是要爆炸一样的疼。硫酸镁的副作用是可能引起呼吸衰竭，而呼吸衰竭的表现是排尿减少，因此输硫酸镁时要记尿量。我不能下床，只能用便盆躺着尿，然后再倒进量杯计数。药物作用和手背的剧痛让我难受得只想昏睡，到晚上终于捱到一袋液体见了底，一阵剧烈的肠胃不适袭来，让孕期从来不吐的我把白天好不容易吃下去的东西都吐了出来，然后就开始控制不住地浑身发抖。妈妈的一句"别害怕有妈在"，让我再也忍不住，泪流了满脸，其实我知道，妈妈是害怕我有什么闪失，她

在安慰我，更是在安慰她自己。

老公赶紧把医生叫来停了药，硫酸镁是不能用了，还有另一种药安宝，但会引起心率加快，对床的病友心慌得手都发抖。我曾有过心律不齐，所以安宝也不敢上，只能每天口服黄体酮，卧床观察，到了第三天，毫无征兆地又出血了，于是又开始了新一轮的抽血、化验、取分泌物、做B超。

住院两个多星期，我经历了记事以来的很多个第一次，比如坐轮椅，比如躺着尿尿，比如每天只下床一次，剩下的时间都躺着，听起来貌似很舒服的一件事，其实只有经历过的人才知道一直躺着的滋味有多难受。同病房的病友一一出院了，我却因为无法用药又找不到原因，血一直断断续续，只能继续留院卧床观察。

每天清晨我都会被送开水的声音吵醒，盼着没有血、没有宫缩、没有异常情况，然而每次希望都只降临了一小会儿就马上又被失望打倒……终于有一天我忍不住哭了，过一会黄文阳医生来查房，听到我浓重的鼻音，问我是感冒了还是哭了，狮子座的我顾忌面子轻描淡写地说，我只是有点烦了，本以为会遭到嘲笑或无视，没想到她摸着我的膝盖（因为我躺着），叹了口气说："这的确很难熬，你坚持了这么久已经很棒了。"很惭愧在病房我哭过两次，因为怕妈妈难过，我只会在身边没人或者只有老公在的时候哭。老公看我实在受罪又委屈，就鼓励我在楼道里稍微站一站，但因为许久没有站立，我的双脚像被针扎一样，加上每天躺着，头发乱糟糟的，我已经分不清自己是人是鬼。老公对我说："住烦了咱们就签字出院回家，咱不受这罪了，孩子要是没了就说明缘分没到，这不能强求，大人最重要。"我知道他是在给我吃宽心丸，他和妈妈一样都很辛苦，妈妈每天白天在医院照顾我，他每天晚上下了班顾不上吃饭就往医院跑，帮我洗脸、洗脚、擦背，陪我聊天，开解我郁闷的心情，我想如果没有他的插科打诨转移注意力，不知道我会崩溃多少次。

为了找到出血的原因，我把孕初期所有"罪行"都交待了一遍：骑车上下班，每天吃巧克力，不爱吃肉，没穿防辐射服，每天用手机、用电脑等，但都被医生否定了，而且胎盘低置也已经改善，不会引起出血。在各种情况都被一一排除了之后，只剩下两位"嫌疑人"，一位是从分泌物中化验出的白色念珠菌，另一位就是 TCT 筛查，因为会引起宫缩，所以一直没做。TCT 是新柏氏液基细胞学检测的简称，也是国际上使用最广泛的一种宫颈病变筛查技术（源自百度百科）。也就是说，医生们怀疑我的宫颈是否出现了癌变，最典型的案例是著名的演员李媛媛，孕前 TCT 筛查显示阴性，孕期出血一直保胎，却没想到宫颈癌是因妊娠引起的。这使我们的心里更加矛盾了，希望能排除这个原因，又害怕操作中引起宫缩对胎儿有伤害，况且，万一检查结果不好……妈妈因为这件事几天几夜没睡好觉，在等待探视的时候一个人坐在医院大堂里哭。我自认为是挺坚强的一个人，但我发现越长大越怕看到妈妈哭，借用小说里的一句话："看她哭我比让人操刀砍都难受。"

　　但害怕也没有用，医生需要个说法，我更需要。很久没有"直立行走"的我，从没感觉病床到产房的路是那么远，产床是那么高。这也是我第一次，恐怕也将是唯——次见到产床的样子。很快做完了，黄医生向我说明病情，她说宫颈看起来没问题，但宫颈口正在往外流血。这说明癌变基本可以排除，而血是从宫腔内部流出的，并不是由念珠菌引起，B超又显示子宫内一切正常，那么出血点到底在哪儿？问题又回到了原点。

　　医院床位是有限的，何况还有周转率，像我这样长时间查不到原因，无法用药，只有卧床静养，意味着我需要出院。是的，我的确需要出院了，半个多月吃不下饭睡不好觉，精神压力极大，我的体重不升反降。而最让我揪心的是孩子每天的胎教就是病房里各种嘈杂的说话声、胎心监护声、半夜的新生儿哭声等毫无意义和营养的声音。经过咨询主任，出血量不像月经量一样多就没

问题，可以继续卧床静养。于是我又出院了，回家路上看着盛开的玉兰花和桃花，一片春意盎然，时间过得真快，要知道入院时我还穿着羽绒服呢，可我却无心赏花，只想着什么时候能好起来。

　　像我一样每天备受煎熬的还有妈妈，她还要照顾我的一切饮食起居，连吃饭都要喂我，每天无休止。我却只能每天躺在那望着天花板，原本想着怀孕也要自立不娇气的，结果现在好端端的大活人，却连最基本的吃饭走路都解决不了，感觉自己糟透了……出院了还要照常产检，我不能走路，只好由妈妈推着轮椅带我去。妈妈有严重的腰椎间盘突出，而那时候"我们俩"已经120多斤，加上修路，可想而知这一切对妈妈来说是多么大的挑战，每次我都盼着这条路能再短一些，再平坦一些。

　　就这样我们一起熬过了32周，血似乎不再有了！我以为终于解放了，殊不知，新问题又来了。5月的北京已经有些热，每天下午我都要睡一觉，但那天怎么心跳就像在敲鼓，吵得我睡不着？我没在意，晚上听过胎心慢慢睡着了，可是夜里突然感觉好像有人用力按着我的胸口，让我喘不上气来，我惊醒了，挣扎着坐了起来，上气不接下气，再躺下无论平躺还是左侧卧都不行，于是我半坐着度过了这一夜。从这天起，每到吃饭睡觉时间我就害怕，因为将有一场"打击乐会"等着我听。

　　后来的产检，我挂了刘浩主任的号，她是产科合并心脏病的专家，平时不苟言笑，但绝对干脆利落，技术没得挑。刘浩主任看了我以往的病历，马上帮我预约了产科和心内科的专家会诊，带 Holter（24 小时动态心电图）观察，并嘱咐我说如果再出现类似情况，一定要来医院挂急诊，平时在家可以吸氧，吃饭要少量多次，不要大幅度运动等。很快 Holter 结果出来了，最高心率160，窦性心动过速伴不齐，偶发房性早搏，短阵房速。经过产科和心内科两位主任会诊，判断我的心脏问题是由妊娠引起的，目前为止，还没有对自身和胎儿产生太大的影响，.可以尝试顺产。可以尝试顺产！这对我来说是天大的好消息，我是崇尚顺产的，建档时大夫说"骨盆条件这么好不生都浪费了"，更是坚定了我这个信念，但途中出现这么多问题，我一直担心会对顺产有影响，这下好了！刘浩主任也鼓励我说先顺产试试看，如果不行再想办法。

有了刘主任的鼓励，每天的交响乐会听起来不再烦躁了，我也学会了缓解心慌的窍门，吃饭少量多次，胃肠压力不那么大，心脏也就不需要辛苦地大量泵血了。虽然心率比起正常值还是很快，但在我看来这已是满怀希望的跳动。日子一天天过去，马上要到预产期了，这时候的胎动已经很明显，我经常能摸到一只小脚丫在肋骨边缘滑动，或者看到整个肚子在平移，随时用手机记录胎动视频几乎成了我们每天固定的娱乐项目。现在回想起来，那段日子是孕期中最开心的时光。

7月8日，最高气温33℃，在屋里开着空调还嫌不凉快，还额外开了电扇。我想如果时光可以倒流，那天我一定会选择汗流浃背，而不是吹着空调、电扇。夜里，体温表显示38.5度，肚里的小家伙偶尔滚动一下，表示她也很难受，由于不能吃药，妈妈用温热的毛巾给我物理降温直到天亮。烧退了，我们都松了一口气，但我猛然间意识到，小家伙从夜里剧烈地翻动过一下后，似乎再没动过，不会是……我越想越害怕，当机立断，去急诊！

顾不上会不会被急诊剖腹产的一闪念来到医院，B 超、胎儿评估、胎心监护一通检查，各项数据都显示孩子正常。但数据毕竟只是数据，我的主观感觉是最直接的，我始终都没有感到胎动。就连平时动得最厉害的时候也没动，把以往各种办法都用了一个遍：吃东西、喝甜水、晃肚子。医生留的数胎动作业也一直无法完成，胎心监护的那条线基本还是没什么起伏。忐忑地回到医生那儿，出于保险起见，我又被收住院了。

入院流程已非常熟悉，就连护士的入院宣教都简单了许多，因为前两次住院让我们已经熟识了。本以为住院观察观察正常了就可以出院，结果刚换上病号服就被通知去处置室备皮，准备手术。什么，我还没到预产期呢？说好的顺产呢？主治大夫严肃地说，因为胎儿已经 38 周，足月胎儿胎窘的处理一般是积极的。就这样，我完全没有做好心理准备就晕晕乎乎地换好了衣服、备了皮、插了尿管、胃管（因为术前 8 小时内吃过东西），躺在手术床上等待手术。护士看我害怕又纠结，就鼓励我说，别害怕，马上就能见到孩子了。可我心里暗想，我想象中的见面方式不是这样的啊，我猜中了开头，却猜不到这结局。

插尿管的时候我以为这已经是最难受的了，没想到接下来插的胃管才是难受之极，一根管从鼻孔插到了胃里，又恶心又嗓子疼，含着这根管还被医生、护士各种问话，简直惨无人道。我想这总算到头了吧，没想到在接下来的 72 小时乃至一个月中，难受指数一直在不断被刷新。

不一会儿刘浩主任回来了，她已经知道了要给我手术的消息，看我紧张得要命，就安慰我说本来心率也不正常，建议我直接剖腹产，大人孩子都保险。得知是主任亲自上阵，我心里踏实了一些，但脑子还是懵的，看着天花板的方格从眼前划过，我怎么就给推走了？七拐八拐之后停住了，原来到了手术室门口，这时老公抢在门被关上之前的一刹那冲进来吻了我一下，这枚鼓励之吻让我又清醒了一些，我突然明白为什么进手术室要让人躺着推进来，不然恐怕已经腿软得走不了路吧。

很快进了手术室，真冷啊！我笨拙地挪到了手术床上。在确定麻醉方式时医生犯了难，我的第三、四节腰椎受过伤，平时就经常腰疼，如果继续腰麻则会对我原本就脆弱的腰产生更大的影响。经过麻醉科主任和刘主任的反复考虑之后，我的方案是先局麻再全麻。也就是说，先把肚皮局部麻醉，等孩子取出来之后再全麻缝合。无知者无畏，麻醉科主任向我陈述方案问我是否有问题，但我根本不知道将会发生什么，所以完全没有问题可问。全麻过程中嘴里除了胃管，还要再放一个呼吸用的管，医生说会有点不舒服，我根本没放在心上，当时我想，难道还有什么比这根该死的胃管更难受的么？

手术开始了，绿色的布盖了一层又一层。先是消毒，我感觉有人用酒精棉球在擦肚皮，冰凉的感觉渐渐扩散开来，冷得我浑身发抖。紧接着我的右臂静脉被刺进了一根针，有点疼，但可以忍受。突然，我的小腹感到一阵刺痛，脑中的第一反应是：真疼，为什么要用订书器钉我的肚子，还钉四下？我转头问旁边的年轻医生：什么时候给我打麻药？她竟然说已经打完了，正在我疑惑为什么打完麻药还会感到疼的时候，一阵剧痛袭来，就像有人用铲子把我的肚皮一下一下铲开，我忍不住挣扎着叫了起来，右手死死地攥住了扶手，然后就没有了知觉……

　　不知过了多久，我听见有人叫我的名字，原来是医生叫我睁开眼睛，用力呼吸。因为全麻时呼吸是停止的，恢复自主呼吸后，血液中的氧含量达到一定浓度才能回病房。但我困得只想睡，印象中医生反复叫了我好几次我才醒过来，自己扶着罩在脸上的罩子使劲呼吸。这时我才明白，手术已经结束了。我生完了？难道不应该是生出来第一时间让妈妈确认男女再抱抱的嘛？为什么和电视里演的不一样？带着这一堆问题我被推回了病房，见到焦急等待的家人们却没有力气说话，听着他们讨论着孩子的模样、肤色、发型，也提不起一点兴趣。从老公口中我才知道，我们的宝宝是个女孩。2015 年 7 月 9 日 18 点整，因胎窘剖宫产一名女婴，身长 50 厘米，体重 2830 克，这个日子，这些数据，我永远都会

记得。

回病房不久我又发烧了，于是又带上了监护仪，随时监控我的各种情况。点滴缩宫素，宫缩来的时候才知道，什么插胃管、插尿管、按肚子，那些都是浮云。如何形容宫缩的疼呢？我一直用手扶着床两侧的栏杆，每疼一次就用力拉扶手，天还没亮头已经顶到了墙。

后来慢慢地从医生和家人口中得知，我的那一下剧痛，其实是把 Rachel 取出来造成的。还有，在麻醉科医生和家属讨论我的麻醉方案时，妈妈已经在手术室门外哭得几乎晕厥，因为当年妈妈也是局麻生下的我，把我取出来的时候她也有知觉，她深知局麻的痛苦，如今我也要"享受"这种待遇，难道这就是轮回么？

自此，我们全家的生活发生了天翻地覆的变化，我也越来越感觉到对妈妈深深的愧疚和悔恨，年少时的我曾做过那么多让妈妈难过的事情，也并没有在她需要帮助和体贴的时候替她分担一些支撑家庭的压力。所以现在的我总在忏悔，儿生日母难日，感谢上天赐我女儿身，能亲身经历过这一遭，能真正地体会到妈妈多年以来的辛苦，也能更深刻地看清周围的一些人和事。

对于 Rachel 的意外光临，从一开始甚至直到她出生，我都在想留下她的这个决定到底对不对？但随着日子一天天的过去，这个软软的小东西带给了我那么多惊喜和欢乐，我也终于体会到朋友们口中"累并快乐着"这五个字的含义，我越来越坚信这个决定的正确，还能有什么事情重要到值得我放弃这个小胖妹呢？我想，如果在以后的日子里，遇到任何不如意，我都可以非常坦然地回答："So what？I have Rachel！"

有研究人员发现，人类的胎儿期是有记忆的，孩子会记得在妈妈肚子里发生过的事情。等到 Rachel 会说话了，我一定要问问她，在羊年的大年初一、3 月底到 4 月初，还有 7 月 9 日的早晨，你都在做些什么？又是什么原因让你选择了我？

西儒姚哥氏有言："妇人弱也，而为母则强。"每一天这句话都激励着我前行。

Rachel，咱们俩做妈妈和做女儿都是第一次，经验不足，我们共同成长，请你多关照。

特别鸣谢：

技术一流、当机立断的刘浩主任；

自始至终都支持我且提供超多技术支持的亲人慧阿姨；

生我养我，现在还帮我照顾 Rachel 各种事项的妈妈爸爸；

爱我、宠我、懂我的老公；

安抚妈妈和我的情绪，帮我们联系医生的二姨；

在工作旺季还忙前忙后照顾我顾不上吃饭休息的三姨；

无论是门诊急诊还是住院期间遇到的所有可爱的医护人员们；

卧床期间关心爱护我的所有领导、同事、亲人、同学和朋友们。

大恩不言谢，深深地鞠躬！

宝宝到来之马拉松

赵丽娜

　　顺产还是剖宫产，一直都是所有孕妈妈们担心和关心的问题，也几乎从怀孕起，宝爸宝妈们就在商量要选择哪种生产方式。产检时经常看到好多超过 32 周，但是步态轻盈，身量纤纤（哈哈，稍微有点夸张）的准妈妈说饿得脸都快绿了，就是不敢多吃，怕孩子太大不好生。在这个倡导自然分娩的时代，人人都想自己生。我也曾经向往和期盼能顺产生下宝宝，那是一种怎样神圣的体验啊，当然，期待中也有恐惧。老妈说，生孩子疼得有个地缝都想钻进去。不过，我还是终究未能体验到。我的剖宫产名额从排畸那天起就已经牢牢占住。回首那段历程，从备孕到生产简直就是一场马拉松。

♥ 备孕

　　我和老公 2007 年结婚，半年后怀孕，当时由于种种原因没要那个孩子。后来的经历，验证了老人们一直强调的理论，头胎不能做掉。2009 年 8 月份，我们开始备孕，原以为生个孩子很简单，不料想却被划入不孕不育之列，也因此踏上了漫漫的就医求子路，一走就是4年多。

　　中医调理三个月后，我做了输卵管造影，报告显示：双侧输卵管均无显影。这样的结果只能通过手术治疗。术前，主刀大夫助理找我签字，说以我的病症，切断输卵管的可能性较大。什么？切掉？那我这辈子永远不能自然怀孕了？我一点心理准备都没有，可是，手术依然要做，这是一台宫腹腔镜联合手术，要在全麻下进行。就在这手术台上，就在全麻的这段时间里，事情发生了戏剧性的转折。双侧输卵管没堵！当我被叫醒，刚刚恢复意识的时候，老妈激动地说，闺女，输卵管没切，也没堵，她的声音竟然有些颤抖。老公补充说，是子宫内膜息肉堵住了双侧输卵管开口，大夫已经刮除了息肉，还有内膜粘连，也做了分离，大夫说两三个月之后咱就可以自然怀孕。听到这些，我比中了五百万都高兴，笑着回到了病房。

从手术到出院，我没有感到一丝疼痛，也许这就是快乐的力量。其实后来我才知道，真正治疗不孕的难题并不是输卵管堵塞，而是子宫内膜的反复粘连。种子遇到障碍可以通过试管技术解决，可这地的问题在现阶段的中国无法解决，我们不允许代孕。

胎停育

话说协和医院的手术是 2010 年 9 月份。经过几个月的休养，2011 年 2 月份我就怀孕了。这是我们计划怀孕的第一个月，也是没有措施的第一次，原来怀孕真是这么容易的事儿啊，其实我们高兴得有点早。从怀孕 4 周开始出现黄色分泌物，被诊断为先兆性流产，每周测一次血 HCG，但我抽血都是在家里，除了去医院做 B 超以外，根本不用下楼，因为医生要求我绝对卧床以保胎，可即便这样，孩子依旧没能保住，停育在 8 周半。

这件事，我久久不能释怀，总觉得是自己不够小心，才与这个孩子失之交臂。刚得知怀孕时没有任何反应，更没有孕吐，还逞强拎了一棵大白菜。而发现有黄色分泌物，后来又变成褐色分泌物后，心情特别郁闷，每天都生活在自责中，一天，因为一点小事和老公大吵起来。突然感觉有大量的血涌出，赶紧跑到卫生间，顿时马桶里全是鲜血，我不敢再看第二眼，哭着喊我妈："妈，孩子没了，孩子没了……" 失声痛哭起来。老妈不住地劝我不要再哭了，不然，血会止不住的。随后戴上手套去掏马桶，什么也没发现，的确，那次只是流血，不是流产。

第二天的 B 超结果出来后，老公哭了。从家出来时，我们三个人沉默了一路，已经做好了手术清宫的准备，可是 B 超结果显示，胎心居然还在，胎芽较三天前还长了好多。此时已经跌入谷底的心又爬了上来。可接下来三周连续下降的 HCG 血值让我彻底死了心。

那年夏天，我回娘家休养了两个月，回京之后继续我的就医求子之路。

二次备孕

我是一个身体特别敏感的人，种种感觉告诉我，子宫内膜粘连又复发了。到医院一检查，果然！

2012年5月，再次经历全麻宫腔镜手术，分离粘连，并放入球囊。次月全麻复查，无粘连，拿掉球囊，休养之后再次开始备孕。

反复的宫腔镜治疗，导致我的子宫内膜已经很薄，要通过口服和外用雌激素和孕激素进行人工周期治疗。几个月下来，内膜厚度并无改善，但等级好了一些。

2013年10月，备孕一年无果，需要进行输卵管造影检查。

结果显示，左侧通而不畅，右侧未见显影。门诊大夫觉得我的主要问题不在输卵管，依旧是内膜，检查过程中非常疼的原因是粘连的内膜在加压推液时有撕裂，需要宫腔镜再次复查内膜。其实2012年11月底已检查过一次内膜，宫口附近有轻微粘连，医生经过全面考虑，觉得可以暂不处理。

而这次检查大夫说，我宫口的粘连较上一年有发展，情况不算严重，可以直接进行分离，只是门诊手术无法麻醉，问我能否忍住。说实话，我是痛感神经敏感的人，每次妇科检查，尤其用内窥器时，都觉得疼。刚才检查时的疼劲儿还没过，又要分离粘连，我真是怕了。大夫看出了我的犹豫，说如果住院手术，排床位至少要三个月，费用也要一万元，门诊处理这些都可以省去。的确，从开始被定性为不孕不育，这个肚子不知砸进了多少钱，还是节省点吧。我和大夫说动手时提前告诉我，有了心理准备，一咬牙，我就能挺住。就这样，我咬了三通牙，冷汗冒了一身，终于分离完毕。后来看手术记录时发现，那天的操作是钝性分离，简单理解应该就是用一把很不锋利的刀切肉，应该不是切，是锯。那段时间，每个月的折腾、期盼、失望，还有各种检查的疼痛，那种备受煎熬的滋味，不堪回首。

痛并快乐的孕期

中药调理受孕和保胎

可能是我的罪遭够了，也可能是老天爷眷顾我们夫妻，最重要的是我们和孩子的缘分到了，总之，在我最没想怀孕的月份，宝贝悄悄地来了。

　　2014 年春节后我暂停了西医治疗，进行中药调理。3 月份月经没来，当时我脑海中忽然闪过一个念头，要是怀孕了该有多好。

　　虽然不抱希望，4 月 1 日，还是去医院验了血。验血结果显示孕酮 20，HCG 5.9，根本不在妊娠范围内。

　　4 月 4 日，找广安门中医院的江大夫号脉，她说从脉象上看，怀孕的可能性较大，让我 8 号在家附近的医院再验一次血。

　　8 号终于来了，孩子也真的来了。盯着报告单上的血值，我感觉时间顿时凝滞了。可是，我一点也不高兴，真的，是不敢高兴，很怕这突如其来的惊喜一下子变成泡沫。多年来，已经久病成医的我，知道这 HCG 血值翻得不太理想，孕酮也低。轮到我就诊时，医生说一切正常，若不是我说有过胎停育，连黄体酮都不能开，几句话就打发了。想再多问点什么，感觉都是多余的，那就回家好好养着吧，就当是自己杞人忧天。

　　10 号下午，发现有黄色分泌物，当时就懵了，脑子里一片空白，不知如何是好。2011 年胎停育那次的末次月经也是 2 月 28 日，跟今年一样，也是 4 月 9 日发现的黄色分泌物，之后开始保胎。说实话，我真怕回忆那段经历，但脑海中总是不由自主地蹦出一些画面，挥之不去。老公看出了我的心思，他说："尽量放轻松，顺其自然吧，无论结果如何都是我们的命。"我和老公商量，要去找江大夫保胎，老公举双手赞成，可是这样就意味着老公要经常请假带我去医院，从通州进趟城看病太远了。

　　保胎对于孕妇及其家人来说是无比虐心的事，永远不知道前面会发生什么。老公虽然担心，但也暗自窃喜，因为孩子是悄悄来的。人生就是这样，你日思夜想，苦苦等待的却一直不来，当你放松下来，无欲无求的时候，愿望却悄然实现。惊喜虽然来了，可保胎的万里长征却刚刚起步，尤其是我老公，付出了超出常人无数倍的辛苦和爱。

老 公 的 壮 举

4月12日，在广安门中医院，老公干了一件大事儿，让人哭笑不得，也让人感动不已。宝爸知道我在写回忆录，强烈要求把他也写进去，我想这应该是他终生难忘的大事。

江大夫的号很难挂，由于我情况特殊，江大夫答应我当天加号。老公凌晨自己排队，想挂个靠前的号，可以早些看病。可事

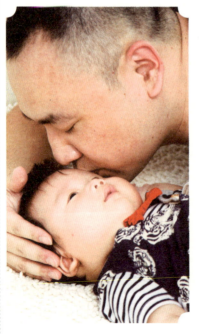

实上，他是起个大早，集都没赶上。终于等到加号，只听江大夫的助理喊："有号的排左边，加号的排右边。"话音刚落，刷，立马混成两排。他的前边有20多人，照这阵势，加完号再排队看病，猴年马月才能验上血啊。当时，他那颗焦虑的心再也按捺不住了，眉头一皱，心一横，想了个损招——冲过去敲门，大声敲门。他穿过人群，一路急促地喊着："让一下，让一下！"，几个健步冲到诊室

门口，用力敲门，当时诊室内的大夫只觉得是有人踹门。过了一会，一位男大夫出来开门，他说明情况后，径直走到江大夫面前，深深地鞠了一躬，由衷地说了声"对不起"，当时眼泪已经下来了。他是鼓足了勇气去敲的门，想了各种后果，也做好了挨骂的准备，而且一个大老爷们去闯妇科诊室的门，很是难堪。但怎么也没想到他这一敲，把这位年过七旬的老大夫给吓着了。当时江大夫正要开柜门放衣服，手都抖了，钥匙愣没插进去。而那段时间正值医患关系紧张，电视也在报道某某医生被害。

　　江大夫听了他的解释，缓过神来，说真是吓坏了，以为是医闹，然后语重心长地说："知道你们要了孩子好多年，好不容易有了，又见血，紧张是难免的，但一定要放松，尤其孕妇最要放松。如果每天坚信，孩子一定会平安，那结果就是好的。如果每天都担惊受怕，精神紧张，那结果肯定不好。"江大夫的这些话，成了我的座右铭，伴我度过整个波折的孕期。

　　由于之前的人工流产，反复宫腔镜手术，胎停育，还有长期服用激素类药物，我的身体素质已经很差，气血很虚。除了注射和口服黄体酮外，江大夫还开了一些补中益气的中药，于是雷打不动的每天两次中药汤，好在我的孕吐反应不强烈。多数情况下，是老公代我去开，我卧床保胎。

确诊前置胎盘

　　熬过了头三个月，终于可以下楼晒太阳了。但我一直都感觉下面有牵拉的感觉，尤其久坐之后。7月14号和20号分别看过两次急诊，都是因为突然有了黄红色（类似于维生素 B2 的颜色）

分泌物。我的产检医生是北医三院产科专家魏瑗，魏大夫看过我的手术病历和近期 B 超结果，叮嘱我少活动，多休息，禁止下楼（我家六楼），避免辛辣刺激食物，避免便秘。后来我才知道，这些是针对前置胎盘患者的医嘱，因为 11 周的 B 超结果显示胎盘已达宫口，当时大夫不想增加我的心理负担，没有明说而已。22 周排畸结果显示胎盘低置状态，这只是保守说法，因为医学上 28 周之前都不下定论，但是按照我的情况，胎盘长上去的可能性微乎其微，这时我才清楚地意识到，我是前置胎盘，而且是中央型（完全型）前置胎盘。

宫缩出血——住院保胎

10 月 2 日，中午的羊肉炖萝卜闯了大祸，用老公的话说，是补大发了。凌晨两点，被尿频折腾几个小时的我，突然一阵痛经般的疼痛，感觉下面有东西流出，我第一反应是流血了。中央型前置胎盘最早流血时间是 29 周，而我当天刚好是 30 周。虽然之前做足了功课，但还是有点慌，老公拨打完 120 就开始准备去医院的东西，抬我下楼时更是险些酿成大祸。

我家住六楼，没有电梯，抬担架的四个人一到转弯时特别费力，因为他们要尽量保持我的水平。老公发现担架侧面有个小扳手，每次转弯时都会撞上楼梯扶手。不知道他是想扳平，还是只想扶住，以降低一下担架撞击楼梯扶手的力度，总之，没等他动，就被人一把拦住了。原来，那是一个开关，扳动后，担架立即变成两片，我就会从担架中间漏下去。老公原本是累得一身热汗，当即吓出了一身冷汗。如果当时他真的扳了，后面的历史全部都要重写，我也不会凌晨在这写回忆录了。

　　来到北医三院产科急诊，我马上被绑上仪器开始监测胎心和宫缩。结果显示，有轻微宫缩，马上收住院。

　　到了病房，我就被禁止各种活动，尤其是如厕，老公拿来了刚买的尿盆，可我在床上怎么也上不出来，还好，后来顺利地插上了尿管。可卧床大便又是一个难关，憋了三天都不行，最后我都急哭了。这三天里，我一方面拼命地吃，因为怕孩子早产，能吃多少就吃多少；另一方面，无法排便的滋味着实不好受，也不能用开塞露、肥皂水，因为任何刺激都可能导致宫缩，进而引起大出血，只能继续服乳果糖，等待着。老公看我实在太难受了，大夫、护士们帮不上任何忙，还吓唬你一大通。他对我说："作为妈妈，你尽力了，该你承受的你都承受了，这是你的命，如果孩子还是要早产，那是他的造化，他的命，不该让你继续承担。走，咱们厕所拉去，活人不能让屎憋死。"我看着老公，点了点头，老公拉着我的手，推我到洗手间，帮助我成功解决了问题。这份感动，我永远深埋心中。

　　入院后，经过 24 小时不间断滴注硫酸镁的治疗，三天后病情终于稳定了，再无宫缩，10 月 8 日出院。但大夫告知，不能回家，只能在医院附近住，因为前置胎盘的特点就是反复出血，要随时做好再住院的准备。

出血不止——二进宫

出院后，我住到了立水桥的婆婆家，比起通州，这里距医院近好多。去往她家的路不太平整，一路上多有颠簸，到家后我便发现有些鲜血，但没有感觉到宫缩，也不再继续流，便在家观察，仍然是完全卧床。

11号凌晨两点，伴随着小腹疼痛，又开始了宫缩流血，量大且持续不断。救护车来之前，我已经开始发抖。这次依然是北医三院产科急诊，依然是插尿管。病情稳定后，拉上帘子使用床边厕所。

这次住的是6人间的大病房，虽然有诸多不便，也因为大夫不给调床哭了鼻子，但几个病友之间的友爱和陪伴，让保胎的日子不再那么无聊。依然24小时滴注硫酸镁，那种让人内心火热、心跳加速的感觉，是那么熟悉。可即便这样滴着硫酸镁，也没能挡住再次出血。大概是入院后的三四天，凌晨五点钟，突然出血，加大硫酸镁的剂量依然止不住，那天凌晨再加上白天排出的淤血块，总计出血量是1600mL，于是开始口服铁片补血。因为以前做的宫腔镜比较多，再加上后壁有些斑痕，大夫怀疑我有胎盘植入。两次B超检查后，科主任说虽未发现植入，但依然无法排除，密切观察。

为了避免宫腔感染，开始每天增加两次头孢点滴。于是左右手各一个套管针，起床时，总会有一只手是撑着床的，一不小心，套管针就不进药了，原本是四天一换的套管针我是天天扎。再加上我的血管本就比较细，手背上已经找不到可以扎的好血管了，于是就到胳膊上扎，实习护士从来不敢上手。

让人费解的压疮

由于我长期左侧卧，胯骨处已经形成了压疮，奇痒无比。护士从外科调来了褥疮贴，还调侃我说："都压成这样，咋就不知道右侧卧，得多轴啊。"护士长每天亲自询问病情，还带着几个护士，我成了产科的实习教材，每个护士进来只要看见我是左侧卧，就一定会批评一通。在产科，保胎能躺出压疮的的确少见，应该说是罕见。可是，我真的无法改变姿势，只要右侧卧，宝宝就在肚子里踢，压疮最严重时，每隔一小时，强迫右侧卧一小会，但最多 10 分钟，就又翻回来。压疮的部位，后来没有知觉，感觉木木的，皮肤颜色比较深，恢复得比较慢，至今仍有印记。

渐渐地，我的状况又符合出院条件，医院又该撵人了。这次住的比较长，10 月 11 日入院，31 日出院。

产检劳累出血——三进宫

这次出院后我住到了医院附近的远望楼，和老公单位的办公楼只隔一条街，看来我当初坚持在北医三院建档是对的。11 月 1 号，老妈来了。有亲妈陪伴，时间总是过得很快，转眼又到了产检时间。11 月 6 日，这是我住院后的第一次门诊产检。如我所料，第二天午睡后，发现内裤上有类似于月经量的深红色血，只是没有肚子疼。因为已经住过两次，这次直接安排床位，住进四楼，又开始了喧闹的，无法规律休息的住院生活。说来也怪，入

院之后又不流血了。更为奇怪的是，中央型前置胎盘变成了边缘性前置胎盘，宝宝离危险又远了一步。住院一周后，14号我又出院了。

住院生产——虚晃

上次出院时开好了住院单，直接过来生产，11月24日，如约入院。这次的床位相当好，靠窗户，终于可以看见阳光了。我特意拍了床头卡、衣柜，还有腕带。一想到快要见到宝宝了，我们都很兴奋。生之前，一直不知道是男孩还是女孩。老妈断定是男孩儿，她会听胎心，经她接生过的孩子都当爸妈了。按照老妈的经验，我在病房里猜了几个，都准了，包括一个翻盘成男孩儿

的。魏大夫周二、周四出门诊，有可能给我安排周五手术，也就是28号。我和她商量，能否再推迟两天手术，等到12月1号，因为那天也是我的生日。结果还没等到大夫给我确认，狗血的一幕发生了：周三是每周一次的大查房，一上午都很安静，快到中午时，科主任赵大夫浩浩荡荡地带领几个大夫直奔我的床位，问了我的情况后说我住进来得太早了，我完全可以等到38周以后再生，这

样对孩子好，而且如果不是臀位的话，我都可以自己生，让我先出院回家再等一周。这次出院后，又直接回到了婆婆家。

住院生产——选日子

魏大夫说 12 月 5 号和 8 号都可以手术，让我自己选个日子。家里人希望能早一天是一天，一直以来所有人都太紧张，怕到了关键时刻再出现什么意外，尤其是已经接近预产期。可是孩子的生日永远改不了，我想给孩子选个更好的日子。

宝 宝 降 生

12 月 8 日终于来了，当天是 39 周加 2。从 10 月 2 号凌晨担架从 6 楼抬下来，这惊心动魄的两个月，我们等的就是这一天。

9 点钟我被推出病房，怕老妈和老公担心，一直冲他俩微笑着。或许是上惯了手术台，推进手术室之前我倒不太紧张，只是有一点怕，怕手术中会疼。我的尾椎骨曾经伤过，漏药，担心影响麻醉效果。医生告诉我剖宫产打麻药是在腰上，随后让我弓成虾米状，努力弓了好几遍，姿势才合格。进针的时候有点疼，但可以忍受，改变针尖方向时又疼了一下，之后就是热、胀，感觉后腰的肉又厚了好多，后来就彻底没了感觉。打完麻药，麻醉师让我翻身平躺过来，我根本用不上劲儿，下半身完全不受我的支配，我现在都不知道最后是自己翻过来的，还是大夫扳过来的。手术室的气氛很轻松，大夫们一直在说笑。管床大夫边翻病历边问我术前检查情况，我说 6 号的 B 超显示我子宫后壁有个血窦。果不其然，正是这个血窦引发了术中大出血。消毒之后，开始手术了。我努力地想象大夫用刀拉我肚皮的情景，凭着感觉数着1，2，3，4。不是说要割8层吗？我才数到4就感觉往外拿孩子了，刀法够好的。这时听见魏大夫说，是个男孩儿。我对着绿色布帘笑着，嗯了一声，长出一口气，如愿了，老公如愿了，他一直想要个儿子。我沉浸在喜得儿子的幸福中，想象着儿子的模样，想象着老公的喜悦。这时，听见魏大夫交代麻醉师补麻药，好像是加了两次，随后感觉有人拽我心脏，虽然感觉不到疼，但那种牵拉让我一阵阵的心慌、恶心、乏氧、耳鸣，感觉到处都是噪音。护士让我看孩子时，我有气无力地说了声男孩儿，再不能多说一句话，只是想吐。因为胃里没有食物，也只是干呕了几下。可嗓子里的痰堵得我快要窒息，我不敢咳，也没有力气咳，最后卡了

出来。护士拿了一块蓝布放在我嘴边，吐出来的痰都流到了耳朵边。喊了几次护士，才给我擦了一下，又换块干净布。其实那会儿我正在出血，他们都在忙着处理。头顶两侧各有一个大的透明罐，是收集废血和处理血液的。我看见好多的血沫，感觉大罐子都快要满了，但当时我还不知道大出血的事儿。魏大夫让助手打电话，请主任赵扬玉过来看病人的出血情况。这时魏大夫和我交待了

一下，说出血有点多，已经处理好，放上一个止血球囊，再输上 400cc 的血。如果 24 小时内没有再出血，就可以把球囊拿出来，如果又出血，可能要重新剖开。正说着，赵大夫进来了，听魏大夫介绍完病情后，手摸着我的额头说："你的情况现在已经基本稳定，但不排除术后再次出血的风险，如果严重，要再次打开，甚至切除子宫，我们也会把这一情况告知家属。"说实话，听着这些，我丝毫没有紧张。当孩子平安降生的那一刻，我的心就平静了。一是我相信魏大夫的医术，二是我对自己有信心。一路走来，我们步步闯关，总是有惊无险，我想这次应该也是。

手术室外，宝爸见到孩子时，都不敢问，只是跟着护士走向婴儿室。当得知是儿子时，他激动得热泪盈眶，给奶奶报喜时，已经哽咽。两个多月来，宝爸所经历的各种心路历程和辛苦劳碌，又岂是没经历过的人能够想象的，这个爸爸当得是真不容易。老妈看外孙出来，护士推走，爸爸也跟着走了，闺女还没出来，又听医生说我是出血量比较大，正在处理、输血，她是万分焦急。当时，我妈是怎样的心情，相信每一位做了妈妈的人都能体会到。看到我推出的那一刻，她激动得说话的声音都变了，强忍着没哭，怕把我也惹哭，落下月子病。

回到病房后由于麻药的作用，我冷得直打哆嗦，再加上宫缩的疼痛，顾不得安慰老妈一句，想给妈妈一个微笑都挤不出来，估计当时我的脸上写满了痛苦。老妈一脸的心疼，站在床边看着我，不知所措。后来我强忍着疼痛对老妈笑了一下，示意让她坐着休息一会，我闭目养神，老妈以为我没那么疼了，才坐在宝宝的小床前。

爸爸拿着手机拍下了宝宝出生1小时的模样，开始和宝宝说话："宝宝啊，几年来妈妈为了要你没少挨刀，受罪，生你还失了800毫升的血，现在正在输血，今天看见你，我们觉得什么都值了。"姥姥听了，转过了身。

我默默在心里说："宝宝，爸爸是天下最伟大、最负责任，也最辛苦的爸爸，你在妈妈肚子里，尤其是后两个月，爸爸的付出超出常人好多倍，我们要永远爱爸爸。虽然妈妈也吃些苦，但你能在妈妈肚子里待到39周，也是你自己努力的结果，妈妈很知足，希望你永远都这么贴心。还有姥姥，她是天底下最伟大的母亲，最伟大的姥姥，爸爸说过，等你懂事的那一天，好好给姥姥磕几个响头，没有姥姥的付出，你可能都不会来到这个世上。"

如今这枚贴心的宝宝已经15个月，能蹦出一些简单的词：爸爸、妈妈、抱抱、蛋蛋、袜袜、汪汪、奶奶（第一声，着急吃奶

时才说）、打、拿，剩下的就完全靠啊啊啊来表达了。虽然说得不多，但已经可以沟通了，也会发号施令指挥人，有时还会发些小脾气。看着他在爱的怀抱中一天天成长，觉得自己的生命也更有意义。听着宝宝说"抱抱吧"，无论在忙什么，我都想把他拥在怀里，贴着他那肉乎乎的小脸，心里比喝了蜜还甜，也许幸福就是这么简单。

编者说明

张　芳

　　在 2014 年休产假的时候，一个相熟多年的同事朋友给我打电话，想约我写下自己这几年来的经历，当时也是觉得有必要记录一下自己颇多坎坷的做妈妈的经历。当时倒也踌躇满志地答应了。当过妈妈的人都知道，养育小儿的琐碎事务把我们的时间都分割得零零碎碎，稍有点时间就恨不得倒头大睡去补觉，哪里还有心思梳理自己的历程。于是就此搁下了承诺，抱歉啊，董老师！

　　小区妈妈群的人数不断扩大，认识的妈妈也越来越多，同在 CBD 工作的赞妈在我的车上聊起了写书的计划，作为非著名资深出版从业人员的我，又被她激发起了热情。不为别的，不是觉得自己有多么不容易，有多么伟大，就为了给孩子留下一份他诞生的记录，让他们更加珍惜生命，笑对生活。

　　于是，在我俩的忽悠下，召集了一众抱有相同想法的妈妈们，开始动笔写下生命的记录。有的在熊孩子闹腾完终于自动关机之后的深夜争分夺秒地赶稿，洋洋洒洒几万字地奋笔疾书，都只为了那份对孩子的爱，对美好生活的期许。

　　我们，是一群曾经对镜贴花黄的俏佳人，曾经泡吧刷夜，曾经为了美丽刻意减肥瘦身，就从看到验孕棒上那条淡淡的粉色开始，所有的目光都集中在身上那个小小的生命上。有的历经数次失败的怀孕才得偿所愿，有的快乐顺利度过孕期，有的卧床保胎几个月，有的几进几出医院，当终于像打游戏闯关一样熬到了预产期，住进了医院，心里总算能松口气了吧，又是大出血，又是帆状胎盘，又是胎盘早剥，危险重重，惊险连连。

在医生的保驾护航下，所有经历的种种磨难，在听到产房里嘹亮的哭声的时候，在看到那个红红的、皱皱的小东西的时候，都变得不那么重要了。

生命是缘分，也是充满了奇迹与爱心的过程，本书的作者们是一群新手妈妈，她们将女人最私密的也最无法忘记的经验记录下来，与众多的姐妹们一起分享这或顺利或坎坷或惊险或有趣的孕产经历，让生产不再仅仅是只有医生知道的私信，只有生过孩子当了妈妈的女人才能有的特殊体验，可以让畏惧孕产的姐妹们不再害怕，让有失败经历的姐妹们充满信心，也让爸爸们更加珍惜得来不易的温暖家庭，让宝宝长大之后更加珍惜自己生活着的这个世界。

感谢漓江出版社的副总编辑符红霞老师，与她十年来亦师亦友的相处让我获益良多，让我更加淡定从容，让我经历了困难之后没有被压垮，仍然对生活抱有信心和热情。也正是她的理解和支持，才有了我们的这本小书，才有了这本献给妈妈和宝宝们的礼物。

图书在版编目(CIP)数据

只有妈妈知道 / 俏妈帮著. --桂林：漓江出版社，2016.7

ISBN 978-7-5407-7874-3

Ⅰ.①只… Ⅱ.①俏… Ⅲ.①随笔-作品集-中国-当代 Ⅳ.①I267.1

中国版本图书馆CIP数据核字（2016）第164400号

只有妈妈知道

作　　者：俏妈帮	策划统筹：符红霞
责任编辑：张　芳　关士礼	装帧设计：小美书装　黄　菲
封面插画：小　呆	责任监印：周　萍

出 版 人：刘迪才

出版发行：漓江出版社

社　　址：广西桂林市南环路22号

邮　　编：541002

发行电话：0773-2583322　　010-85893190

传　　真：0773-2582200　　010-85890870-614

邮购热线：0773-2583322　　　　电子信箱：ljcbs@163.com

网　　址：http://www.Lijiangtimes.com.cn

印　　制：北京尚唐印刷包装有限公司

开　　本：880×1230　1/32　　印　　张：6　　字　　数：100千字

版　　次：2016年10月第1版　　印　　次：2016年10月第1次印刷

书　　号：ISBN 978-7-5407-7874-3

定　　价：39.00元